ITEM

ITEM

아 이 템 1

Story 민형 × 김준석 Art

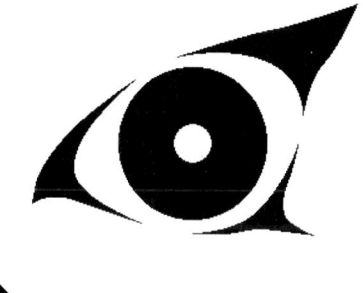

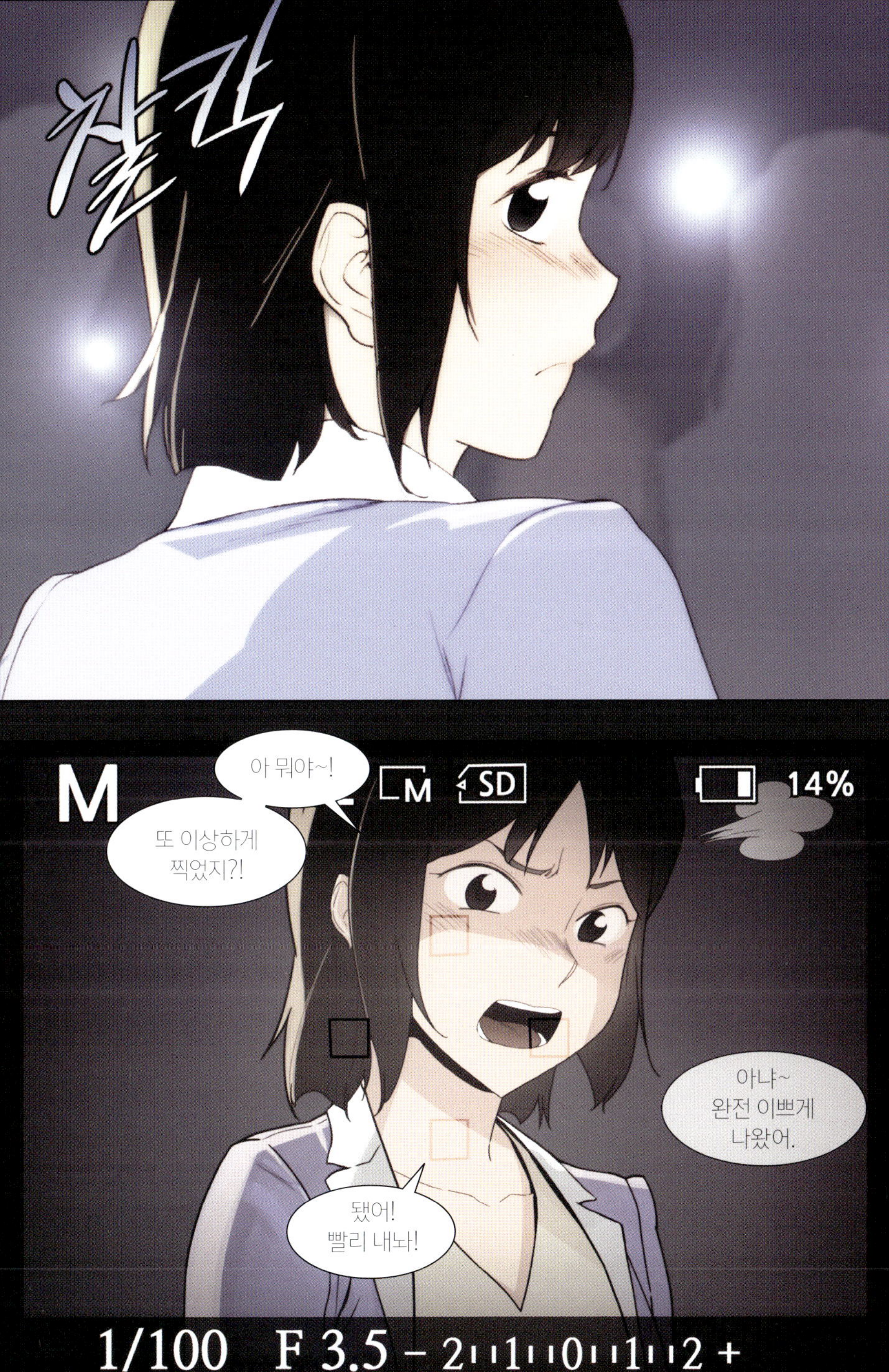

찰칵
아 뭐야~!
또 이상하게 찍었지?!
아냐~ 완전 이쁘게 나왔어.
됐어! 빨리 내놔!
M
M
SD
14%
1/100 F 3.5 - 2 1 0 1 2 +

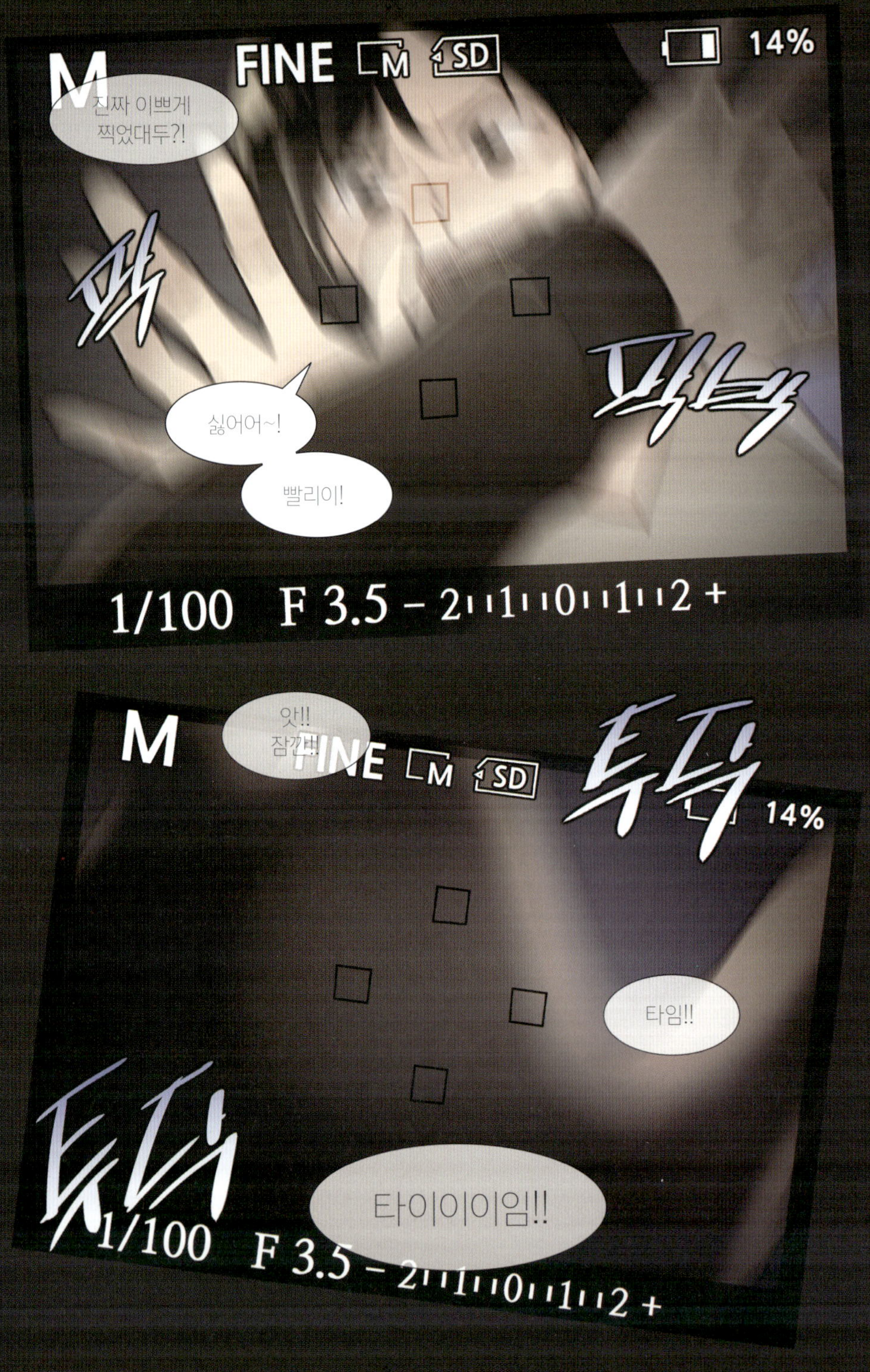

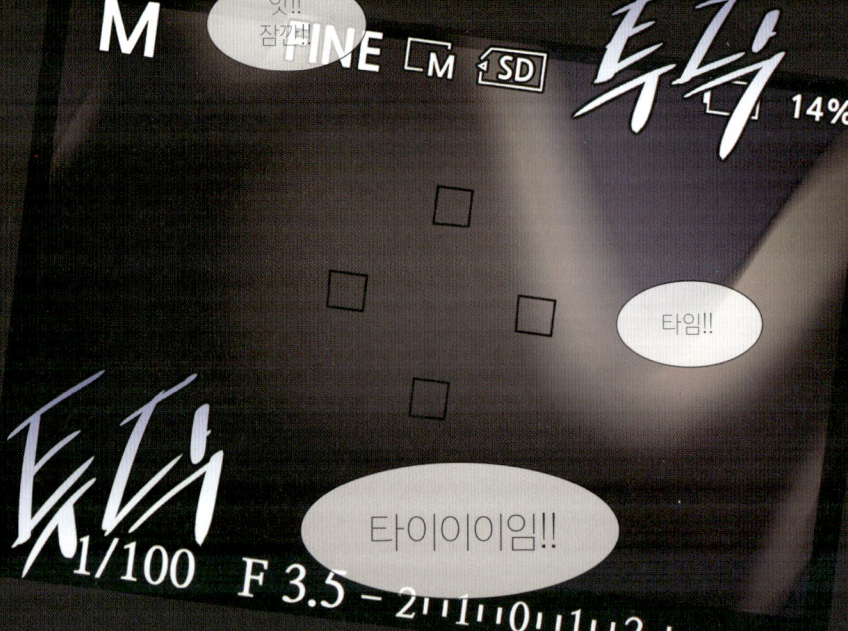

내가 말했잖아. 나 사진 완전 잘 찍는다고.
하? 이 사진 말곤 없거든요?
근데 이 카메라 완전 멀쩡한데 왜 버렸을까?
엄청 돈 많은 사람인가 보지 뭐.
그런가?
어?!
푸하하학학학학크학 오빠 이게 모야아~~!
응…? 왜? 뭔데?
아~ 완전 웃겨~!! 하흑큭큭.
에에?? 이건 또 언제 찍었냐??
난 이쁜 사진만 찍어줬구먼 너무한 거 아냐?
헐?! 이거 내가 안 찍었거든?
웃기시네~ 니가 안찍으면 이걸 누가 찍어~
누구긴 누구야 오빠밖에 더 있어?

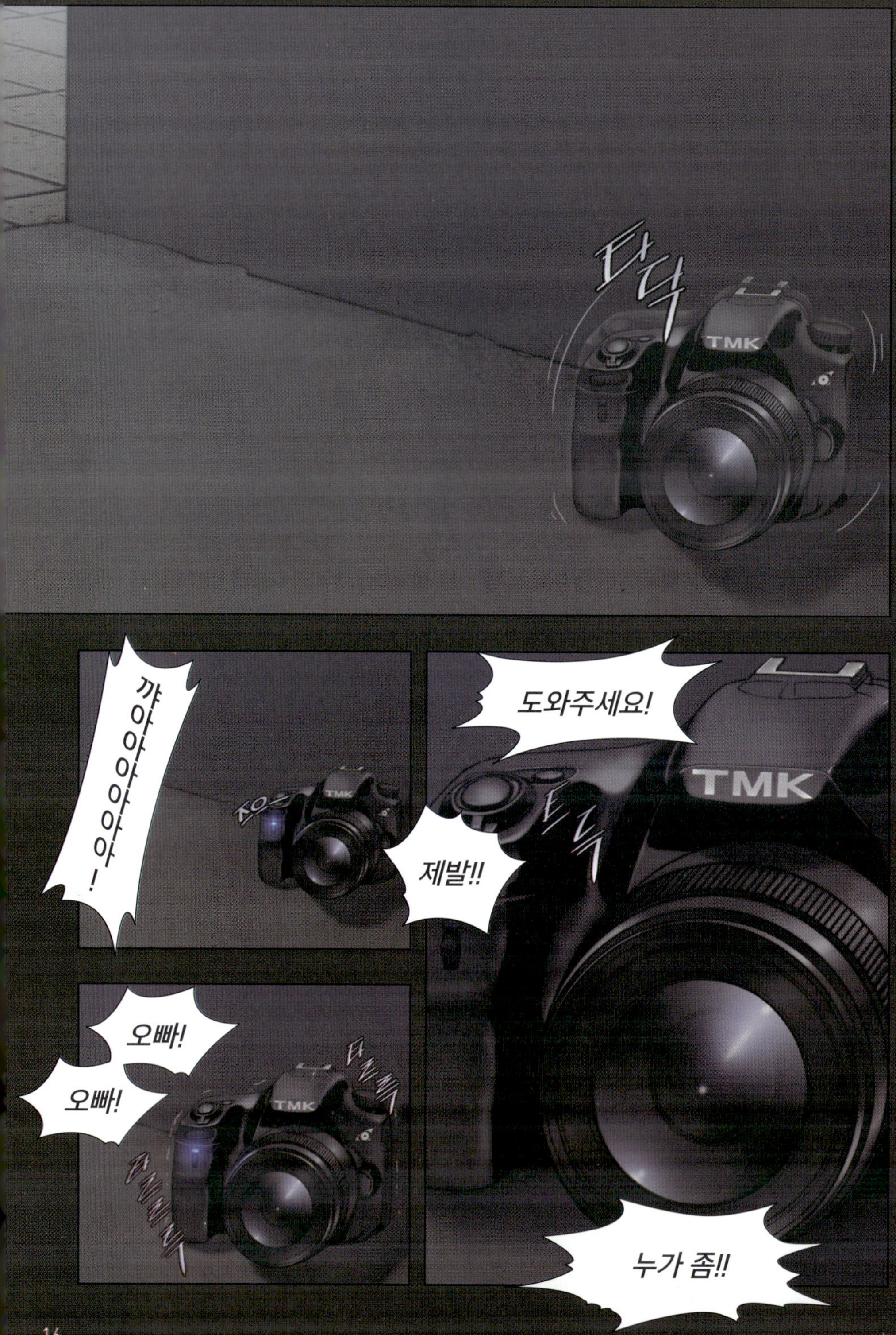
타닥
꺄아아아아아아!
도와주세요!
제발!!
누가 좀!!
오빠!
오빠!

ITEM
아 이 템

텁

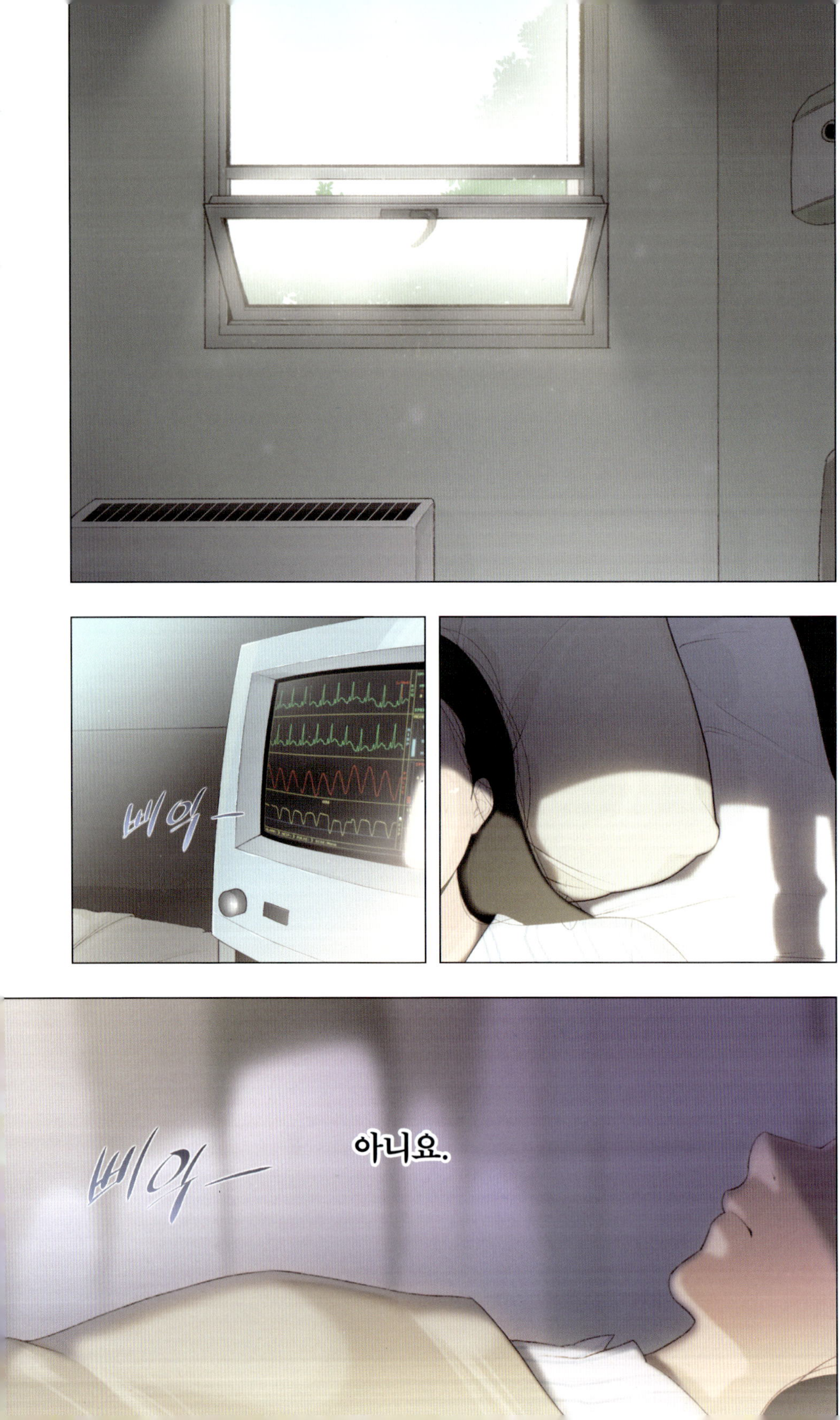

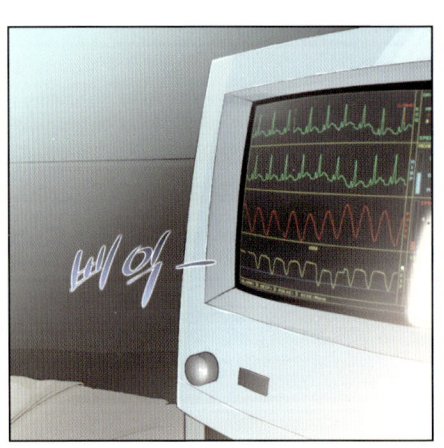

아니요.

기다려주세요.

지금 저희가
어머님 말뜻을 몰라서
그러는 게 아니에요.

어떻게 말씀하셔도
직접 보신 게 아니라면

결국…
추측일 뿐입니다.

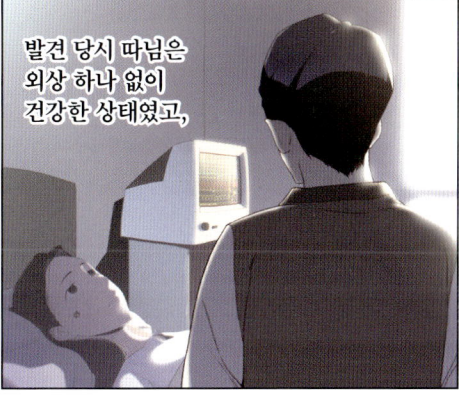

발견 당시 따님은
외상 하나 없이
건강한 상태였고,

목격자는커녕,
없어진 물건 하나 없는데

어떻게 범인이 있을 수
있겠어요?

그럼 대체
멀쩡했던 딸아이가
어떻게 식물인간이
됐단 거예요?!

그건 알 수가 없지만
외부적인 문제로 발생한 게
아니라고 하잖습니까?

분명히 봤어요! 봤다고요!!
그놈 짓이 분명하다니까요!!

그.러.니.까!!

다른 사람이 뭘
어쩔 수 있는 게 아니라고
의사 선생님이 그랬다고요!!

자자~ 어머님 진정하시고
저희 얘기를 좀 들어주세요.

저희도 진심으로 도와드리고 싶습니다만

사건 성립이 안 되는 이상 할 수 있는 게 없어요.

죄송하지만 조금 더 확실한 걸 찾아서 연락주시면 저희가…

니네 자식이… 어흑.

그…랬어도… 흑흑.

니네 가족이 이랬어도

그럴 수 있냐고…

그럴 수 있어?!

아니?!

멀쩡한 사람
식물인간 만든 범인이 있으면
당연히 우리도 잡고 싶지.

근데 아무것도 없는데 뭘 어쩌라는 겨?

우리가 무슨 고스트버스터여?

어쩌겠어요,

께약-

퇴근해서 오니까 멀쩡했던 딸이 식물인간이 돼 있었다는데 오죽하겠어요?

그러니까 그게 우리 잘못이냐고?

왜 우리가 그 분노를 고스란히 받아야 하냔 거야.

하이고, 형님 하루 이틀입니까?

근데 식물인간이라니… 실감이 안 나긴 하네요.

꿀꺽

그런 거 막장 드라마에서만 나오는 건 줄 알았는데…

그렇지 않아요? 형님은 만약, 자고 일어났는데 사랑하는 사람이 식물인간이 돼 있으면 어떨 것 같아요?

23

야 이 미친!!
그게 할 소리냐?!
빈말이라도
그런 소리 하지 마라!!

난 아직 진실한 사랑
한번 못 해봤다고.
…이대론 억울해서
죽지도 못할 거다.
푸흐하?
진실한… 뭐요??

엊그제 그…
미영이하고 나눴다던
진실된 교감은,

거기에 포함
안 되는 겁니까?

쿡쿡

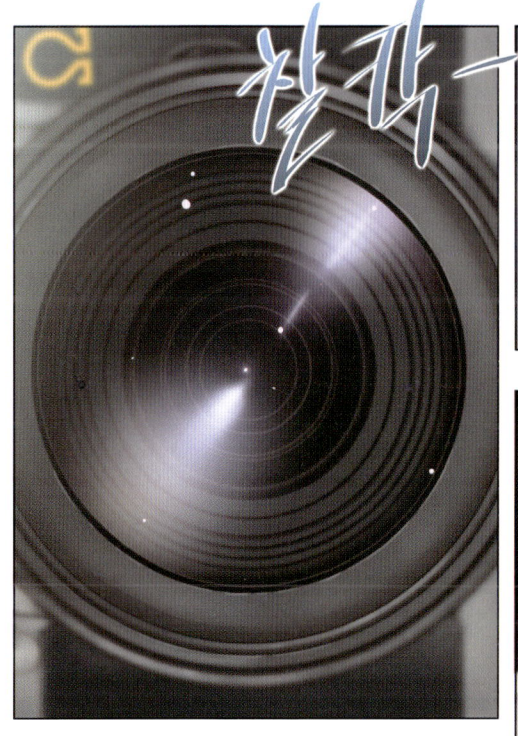

좋습니다~! 마지막!

또각
오빠는 뭐 해?
또각

하아… 동수 형
아는 놈이 사고 쳤나 봐.
이것 때문에 지금 30분째
그냥 차 안에 있는 중.
아아…
진짜?
칼치 너임마
씨발 진짜 이럴래?
아유 우리 사이에
너무 빡빡하게 굴지 맙시다?
근데 오빠.
혹시 오늘 집에 좀
들를 수 있어?

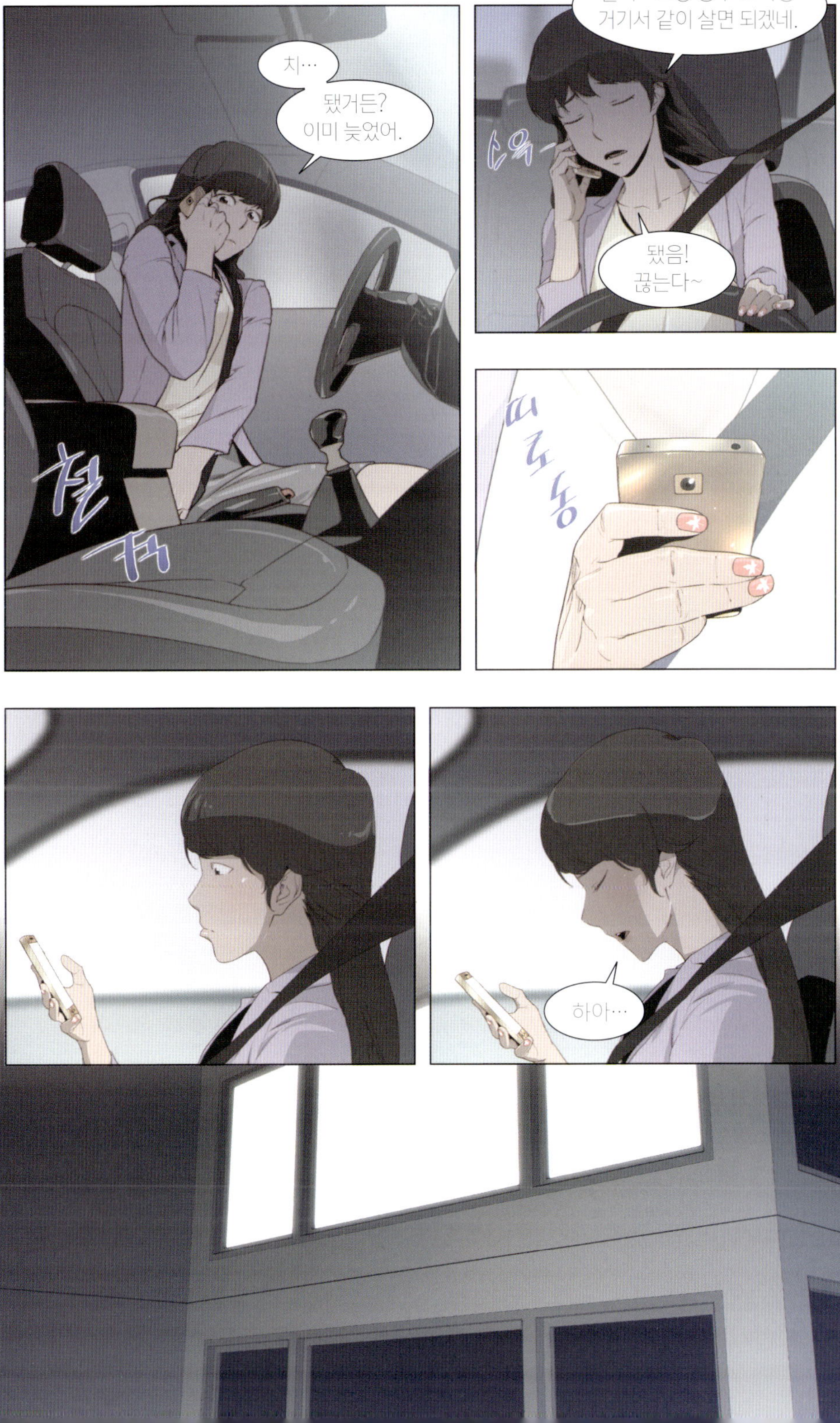

몰라~ 그냥 동수 오빠랑
거기서 같이 살면 되겠네.

치…

됐거든?
이미 늦었어.

됐음!
끊는다~

하아…

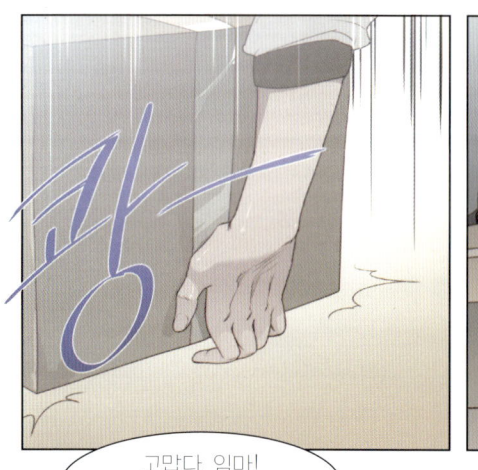

끝났다아!!

으이차!!!

고맙다, 임마!
너 때문에 빨리 끝났네.

한잔하자!
내가 맛들어진
안주로다가 쏠게!

배고프긴 한데
저 지금 빨리 예림이한테
가봐야 돼서 안 돼요.

담에 한턱 쏘세요.

야야, 이왕 늦은 거
그냥 밥까지 먹고 가~

지금 시간이면 제수씨도
밥 먹었을 거 아냐?

그런 문제가 아니에요…
아까 10시 이후부턴
전화도 안 받는 거 보니까

지금이라도 안 가면
저 감당 못 합니다.

마! 이런 날일수록
한잔 거하게 먹고 가야지!

남자 새끼가
꽉 잡혀서 그게 뭐냐~

31

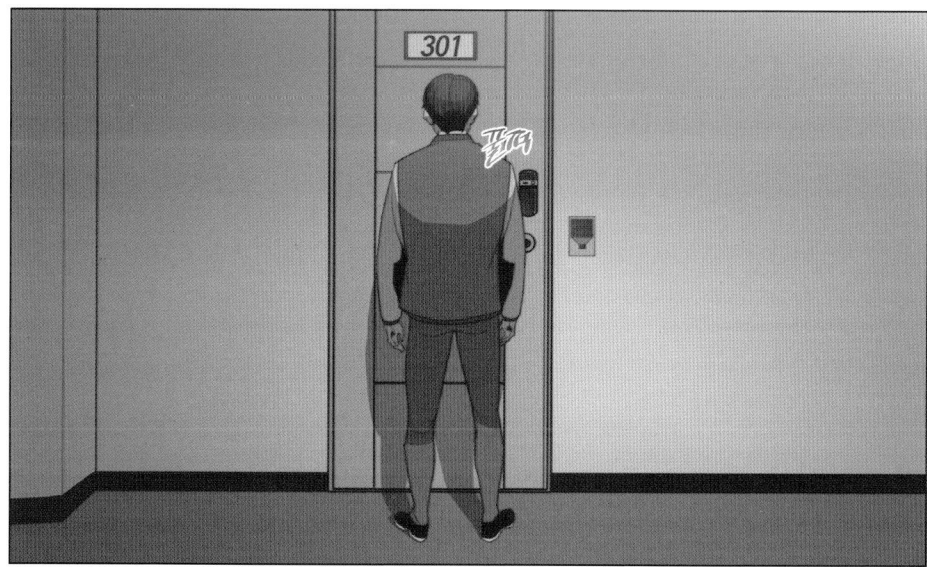

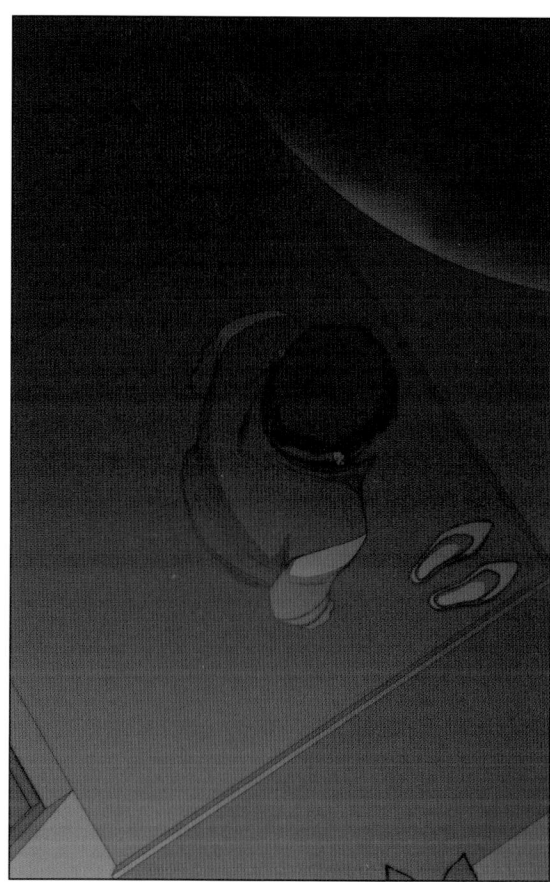

예림아?

예림아아~
없니?

뭐… 뭐지…?
지금 시간에 자진
않은 텐데…

어디 나갔나?

어라?
핸드폰은 왜 또 안…

쿠당탕

멈칫

?

달칵

끼이이악-

예림…아?

어?!
여기 있었네?

뭐야~
계속 불렀는데,

왜 대답도 안 하고
어두운 데서 그러고 있어?

예림아…?

움찔

움찔

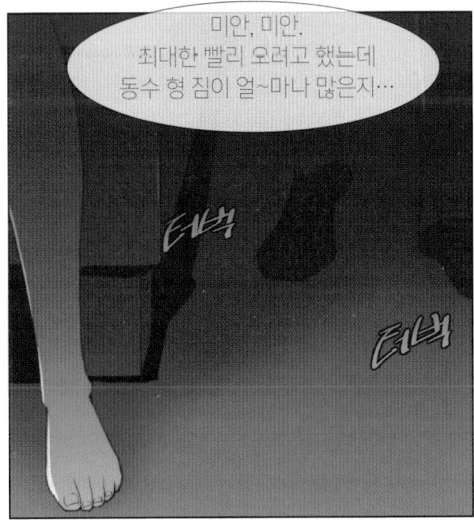

한 번만 봐주면...

휙

?

왜 그래?
예림아!!

두옹

이게 어떻게 된 거야?
정신 좀 차려봐!!

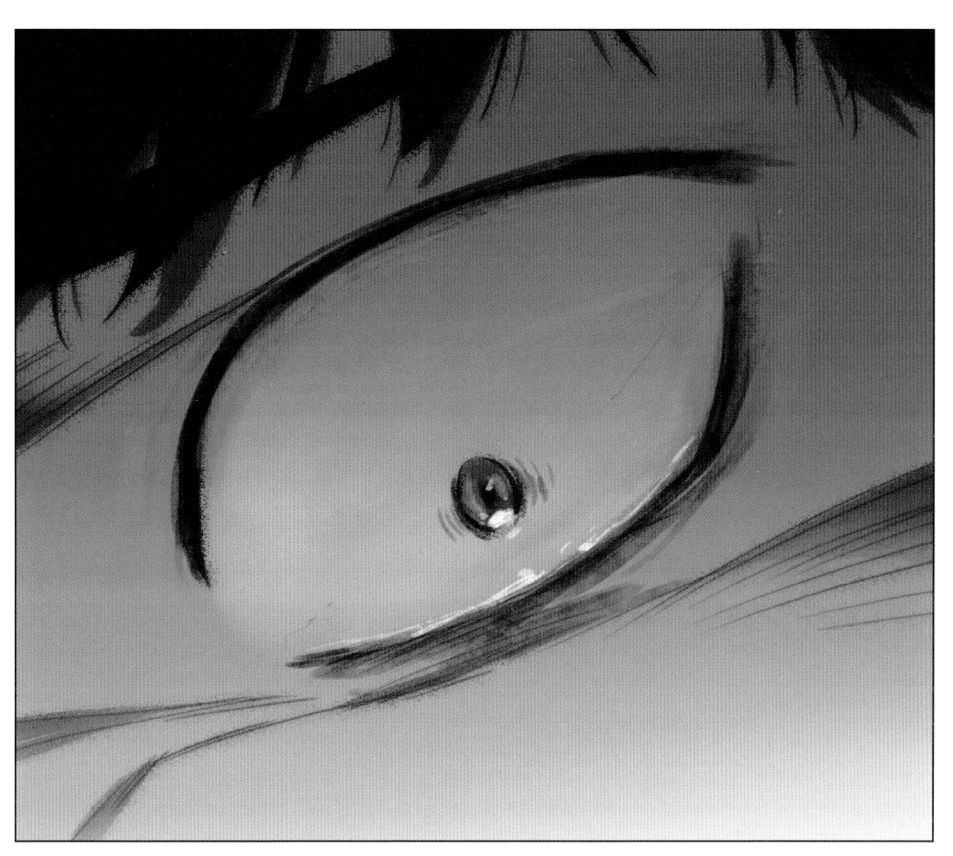

한예림!!

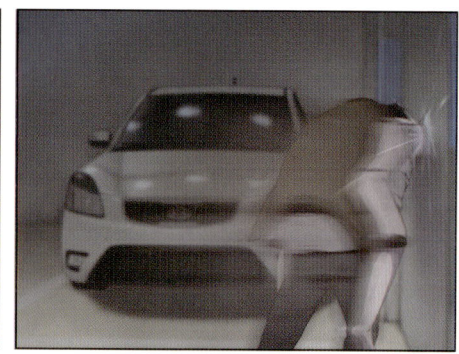

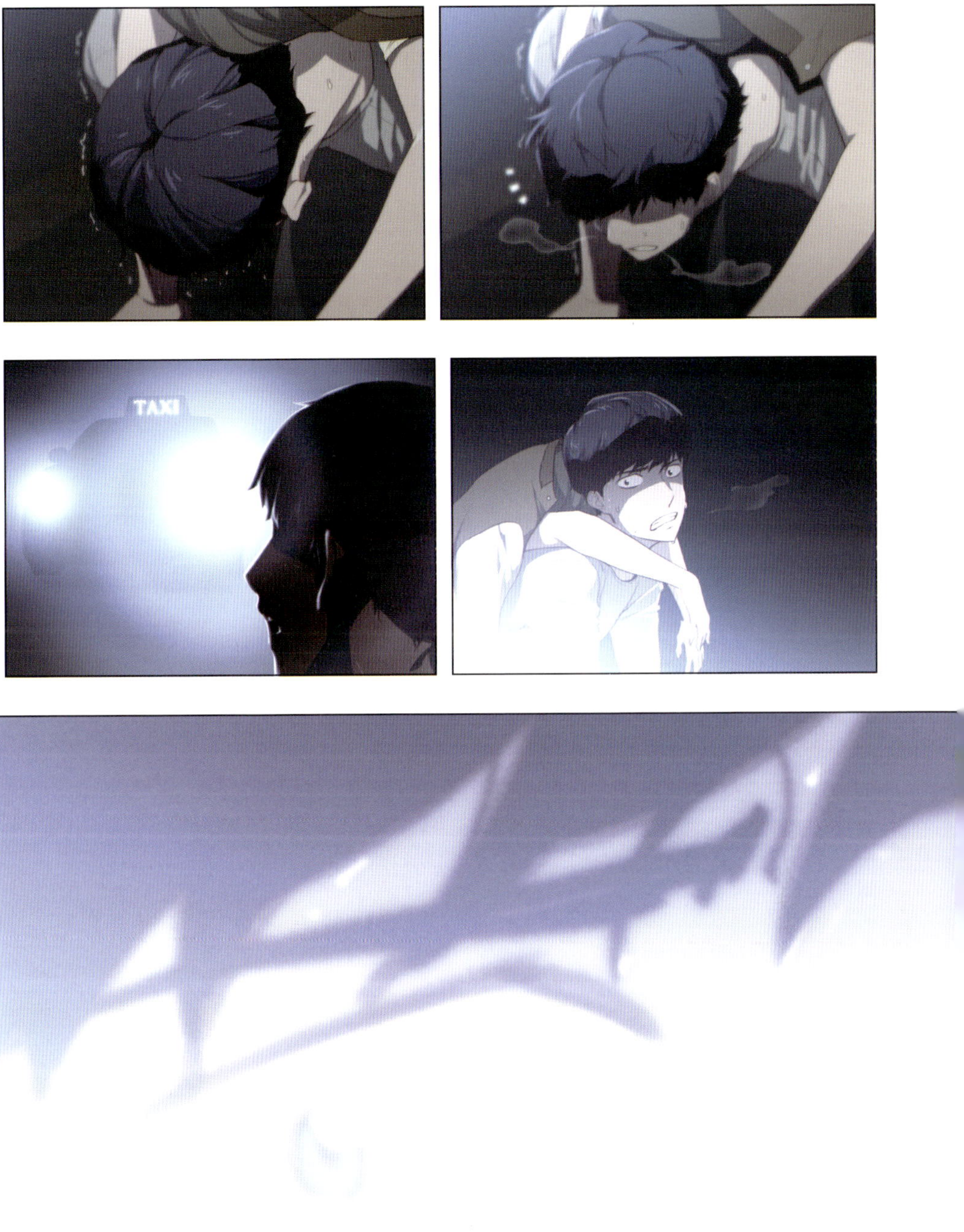
TAXI

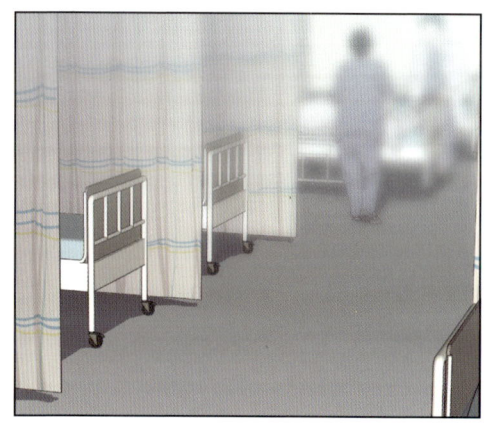

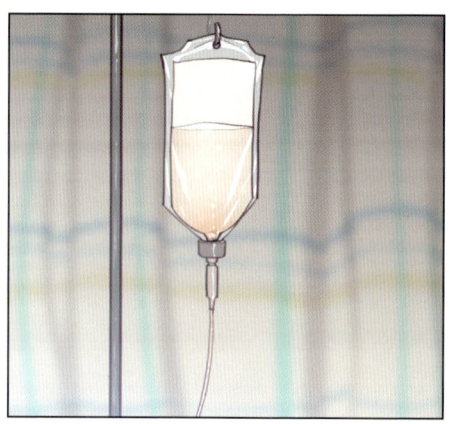

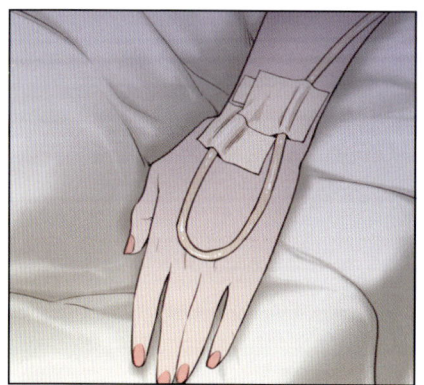

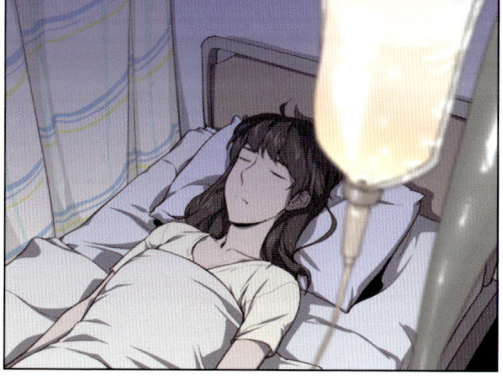

글쎄요.

검사 결과를 놓고 본다면

딱히 환자분께 어떤 문제가 있다곤 생각되지 않네요.

따로 병력이 있었던 것도 아니라고 하시니

조금만 안정을 취하면 금방 괜찮아지실 겁니다.

아…

근데 그렇다 해도 이런 경우가 흔치는 않을 텐데요…

혹시 뭔가 다른 문제가 있는 건…

음…

흔히들 말하는 실신이나 실신 전 단계는

젊은 여성에게서 충분히 발생할 수 있는 상황으로 비슷한 사례가 꽤 많습니다.

한예림 환자 같은 케이스는 검사 상으로도 특이점이 없었고, 관련 병력도 전무하기에

갑작스러운 심리적 충격 등에 의한 일시적인 증세로 보입니다.

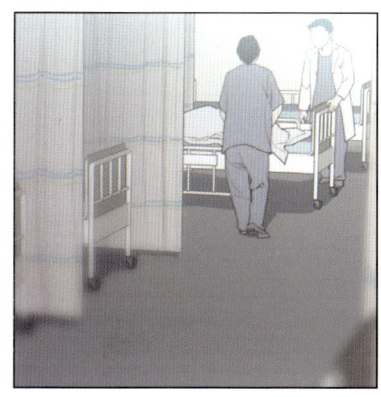
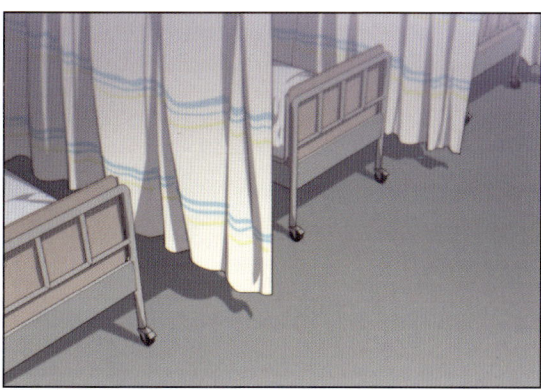
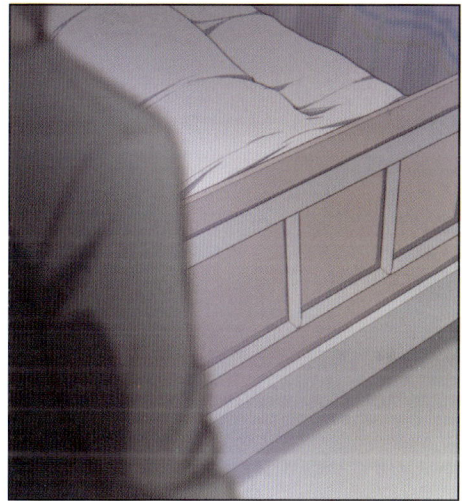

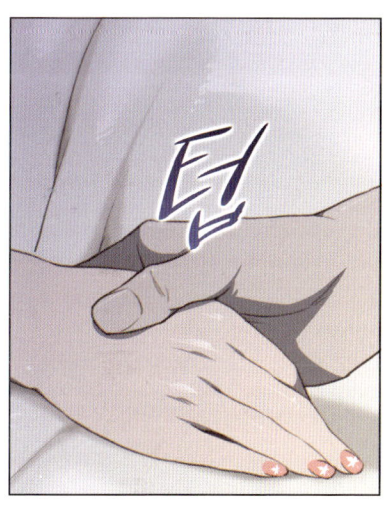

의사 선생님이
괜찮을 거래.

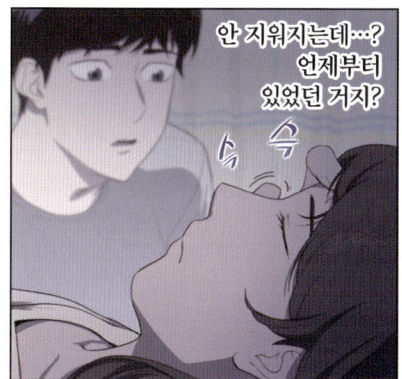

안 지워지는데…?
언제부터
있었던 거지?

쓱 슥

것보다
이 문양…

분명 어디서
봤던 것 같은…

여깁니다!

헉
허

척

선생님 …?

네에에?!

격리 조치라뇨??

아까 그 의사 선생님은 아무 이상 없다고 말했는데 갑자기 왜 말이 달라지는 거죠?

검사 결과로 봤을 때 응급의의 판단이 틀렸다는 건 아닙니다.

다만…

환자분에게서 몇 가지 특정 증상이 발견되어

조금 더 검사를 해봐야 할 것 같습니다.

그러니까!

그 특정 증상이
대체 뭔데 격리까지
시키는 거냐구요?!

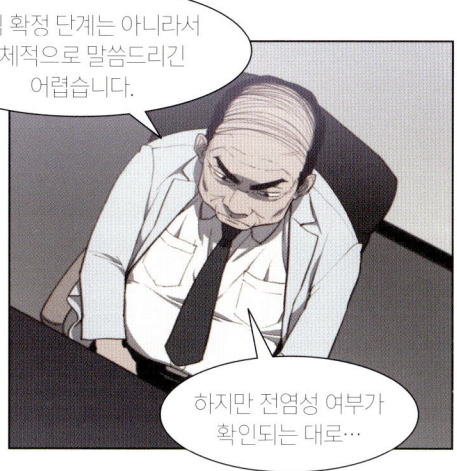

아직 확정 단계는 아니라서
구체적으로 말씀드리긴
어렵습니다.

하지만 전염성 여부가
확인되는 대로…

아니?!

아까 전까지만 해도
퇴원해도 된다고 해놓곤
갑자기 이러는 거라면

최소한 뭐 때문인지
이유는 말해줘야 되는 거
아닙니까?!

…

우연찮게…
응급의로부터 이야기를
전해 들었습니다.

이번에 온
응급 환자 얼굴에
어떤 문신이 있다는…

혹시나 해서
확인해봤는데
놀랍게도

제가 담당 중인 환자와
똑같은 형태의
색소침착이 얼굴에
일어나 있었고,

똑같은 증세를
보이고 있더군요.

어떤 이유 때문인지는
아직 알 수 없습니다만…

제가 본 게 맞다면
현재 한예림 환자는

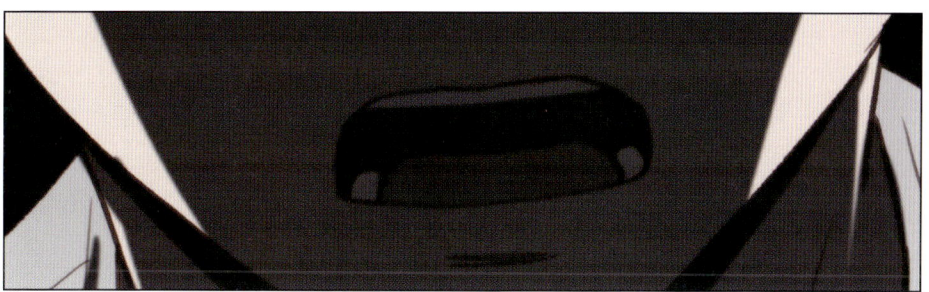

씨이발…

어제 그 사건도 그렇고
이것도 그렇고…

식물인간이 되는
병에 걸렸다고?

거기다
전염성이 의심돼
격리까지 시킨다고?

으아아아아!!
생각할수록 미쳐불겠네!!

벅
벅
벅

이딴 게 정말로…

말이 될 리가
없잖아요…

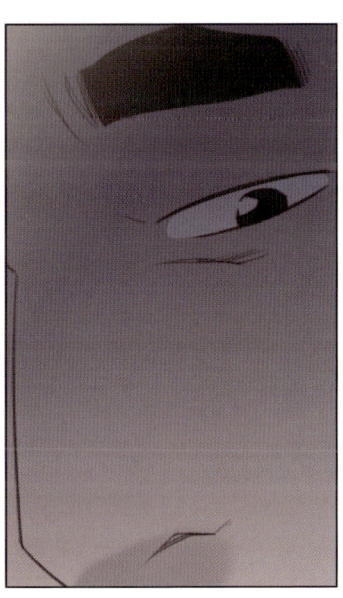

왜… 왜 많고 많은
사람들 중에 하필…

예림이가 이런 일을
겪어야 하는 거죠…?

저는 도무지
이해가 가질 않아요.

부모님이
사고로
돌아가시고,

한참 동안
방황하던 저를
잡아줬던 게

예림이였어요.

그때 예림이를
만나지 못했더라면

지금의 제가 어땠을지
상상할 수도 없어요.

누구에게나
친절했고,

남이 미워할 만한 일
하나 해본 적 없는…

그런 아이였는데…

콰

아

아

이렇게까지 깊은 나락속으로

떨어질 수 있는 거죠.

무엇보다
어이가 없는 건,

제가 할 수 있는 일이
고작…

사랑하는 사람이 점점 더 깊이
가라앉고 있는 이 순간에도…

가라앉는 모습을
지켜보는 것밖에 없다니.

도무지 말이 안 되잖아요.

어떻게 이딴 일들이···

현실일 수 있겠어요.

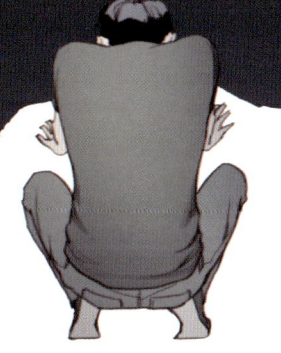

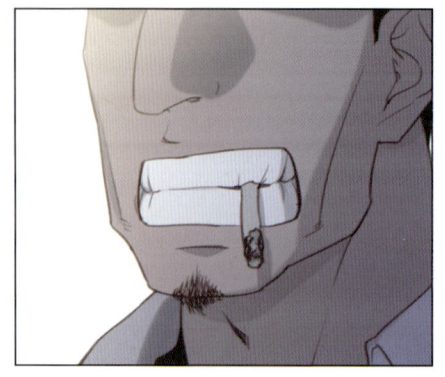

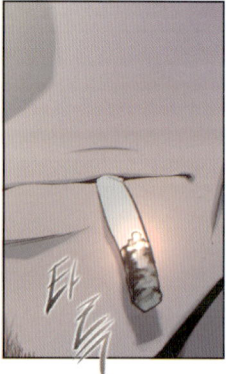

피곤해 보인다.

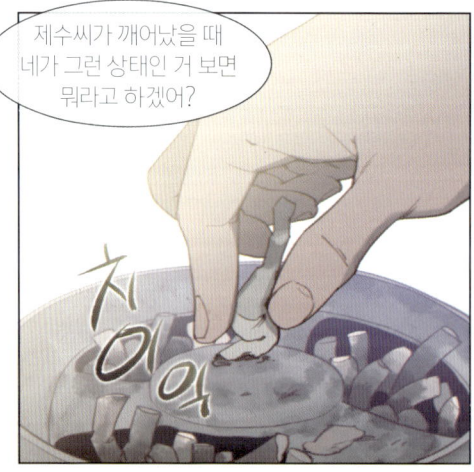

제수씨가 깨어났을 때
네가 그런 상태인 거 보면
뭐라고 하겠어?

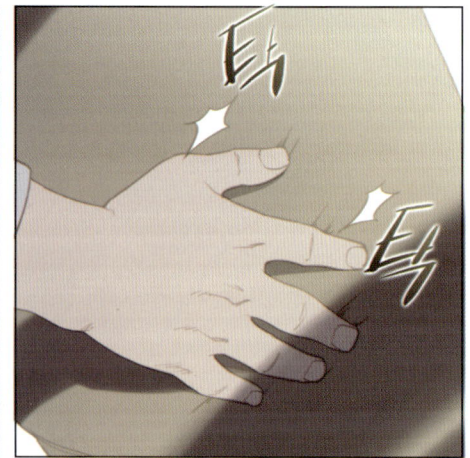

알
아.

부아앙—

많이 힘들 거라는 거.

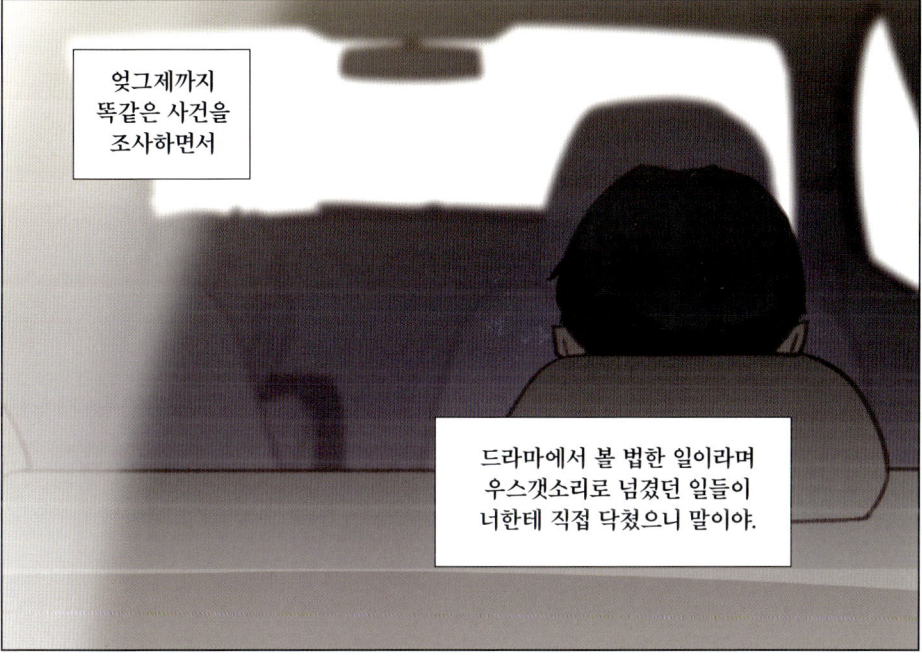

엊그제까지
똑같은 사건을
조사하면서

드라마에서 볼 법한 일이라며
우스갯소리로 넘겼던 일들이
너한테 직접 닥쳤으니 말이야.

하지만
이럴 때일수록

너 하나만큼은
정신 차리고 있어야
한다는 거 잘 알고 있잖아.

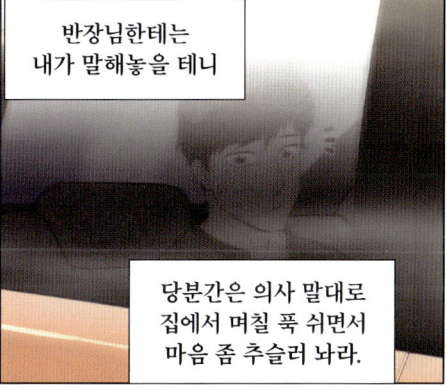

반장님한테는
내가 말해놓을 테니

당분간은 의사 말대로
집에서 며칠 푹 쉬면서
마음 좀 추슬러 봐라.

일단 뒤처리는 내가
대신 할 테니 걱정하지 말고,

확실한 검사 결과
나올 때까지 조금만 더
기다려보자.

네 간절한 바람이 닿는다면...

틀림없이 예림 씨는...

네가 기억하는 모습 그대로

네 곁에 돌아올 테니까…

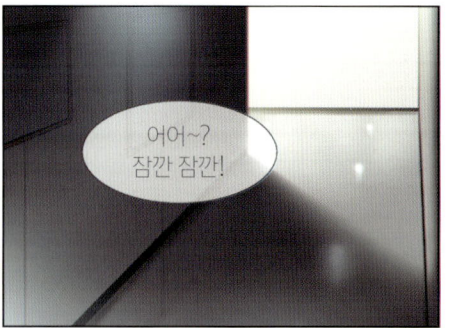
어어~?
잠깐 잠깐!

민아 씨!

원고 얼마나
남았어?

원고는 거의 다
마무리되어 가는데요.

아직 예림 씨한테
사진이 안 들어왔어요.

뭐어?

아직도?

아니, 그이 갑자기 왜 그래?
항상 잘하던 사람이…

제 말이
그 말이라니까요~

전화는?
전화도 안 받고?

안 그래도 소정 씨한테
다시 걸어보라고 시켰었는데

어찌 됐는지는
아직…

아····

···네네.

네에…

알겠습니다…

아으으…

소정 씨!
지금 예림 씨랑
통화한 거야?

네?! 아!!

아뇨!!

또각

예림 씬 아니고…
예림 씨 남자친구분하고…

뭐어어어?
남자친구우?

지금 이 상황에?

참 나!
기가 막혀서!

그래서 뭐래?
뭐라고 그러디?

척

아…

저기…

그게…

뭐?

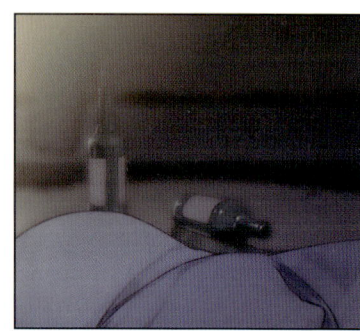

네,

한예림 씨
핸드폰입니다.

안녕하세요, 저는 패션 잡지
《쎄쎄》에서 일하고 있는
디렉터 김주연이라고 합니다.

아… 네,
안녕하세요.

부스스

네, 안녕하세요.
여쭤보고 싶은 게 있는데
잠깐 통화 가능하신가요?

…

그런데 잡지사면
혹시 못 들으셨나요?

조금 전에
다른 분한테…

아! 그거 듣고
연락드린 거예요.

전화 받으신 분이
예림 씨 남자친구분
맞으시죠?

지금 예림 씨 상태가
많이 안 좋은가요?

…

저기요.

이런 상황에서
일 얘기를 꺼내야 한다는 게
참 그렇지만…

저희 사정이
사정인지라서…

부탁 하나만
드리고 싶은데

괜찮을까요?

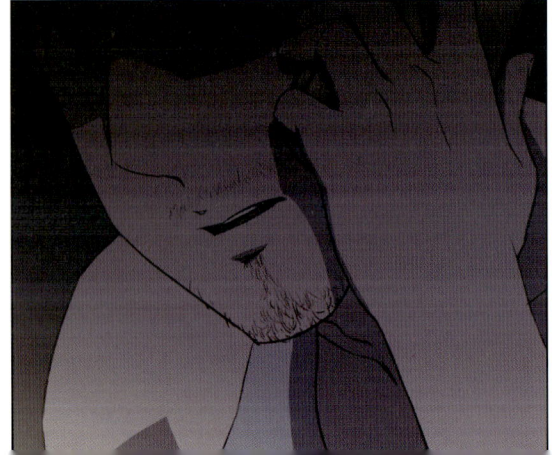

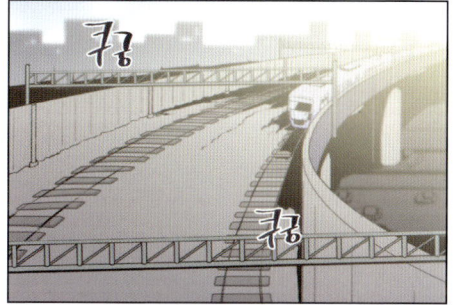

남자친구분이니
아실지 모르겠지만

저희가
촬영 건에
있어선
쭈욱

예림 씨랑
같이 진행해
왔었는데요.

이번 화보 촬영 끝나고
예림 씨가 사고를
당하는 바람에

덕분에 저흰 마감 앞두고
이러지도 저러지도
못하는 상황이라

아직까지도
사진들을
넘겨받지
못했어요.

남자친구분이
예림 씨 대신

사진 파일들만
제 메일로 보내주실 수
있을까 해서요.

푸우우…

이상하다…?

카메라는 항상
이쪽 방에 뒀던 걸로
기억하는데…

아,
여기 있었구나.

부스럭

부스럭

됐다…

이제 이것만 메일로 보내면 되는 거지…?

수

그래, 동수 형 말이 맞아.

이럴 때일수록 정신 차리고 있어야 하는데

척

여태 혼자 궁상이나 떨고 있었으니…

예림이 주변인들에게 알리는 일도 그렇고,

이것저것 뒤처리하는 것도 온전히 내 몫이야.

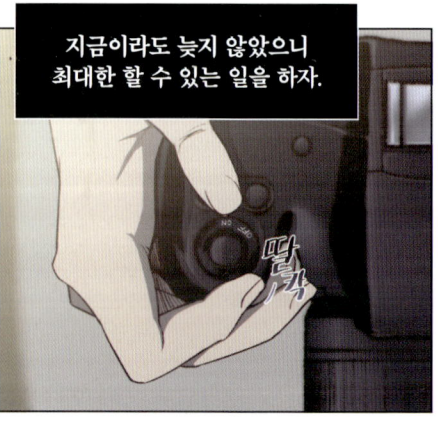

지금이라도 늦지 않았으니 최대한 할 수 있는 일을 하자.

딸 깍

그러면…

예림이가
일어났을
때에도…

음?

분명…
패션 화보 촬영이라
그랬었는데…?

아…닌데?

이런 사진들이
패션 화보일 리가…

오빠.

오늘 집에 좀
들를 수 있어?

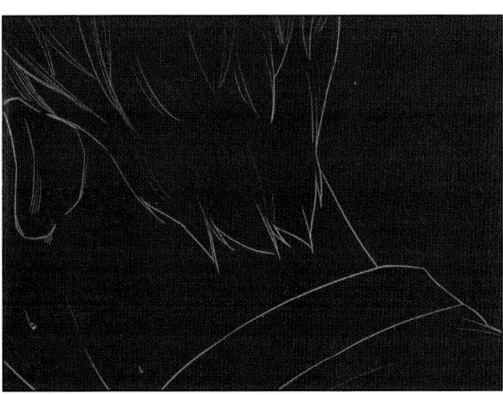

아니,
그런 건
아닌데…

왜?
급한 일이야?

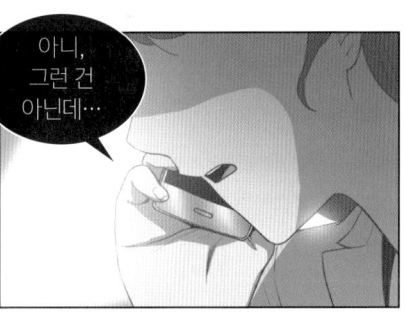

보여줄게 좀...

있어서.

부스럭

부스럭

부스럭

맞아...

턱

예림인 일할 때 말고도
사진 찍는 걸 좋아해서

척

석

나랑 만날 때면 항상

덥

쿵

투다다다닥

카메라를 가지고 왔었어.

94

셔터 음이 울리고 나서

기억나…

설레는 아이 같은 표정으로
사진을 확인하던 그 모습.

그래…

예림이가
가지고 다니던
카메라는…

이게 아니야.

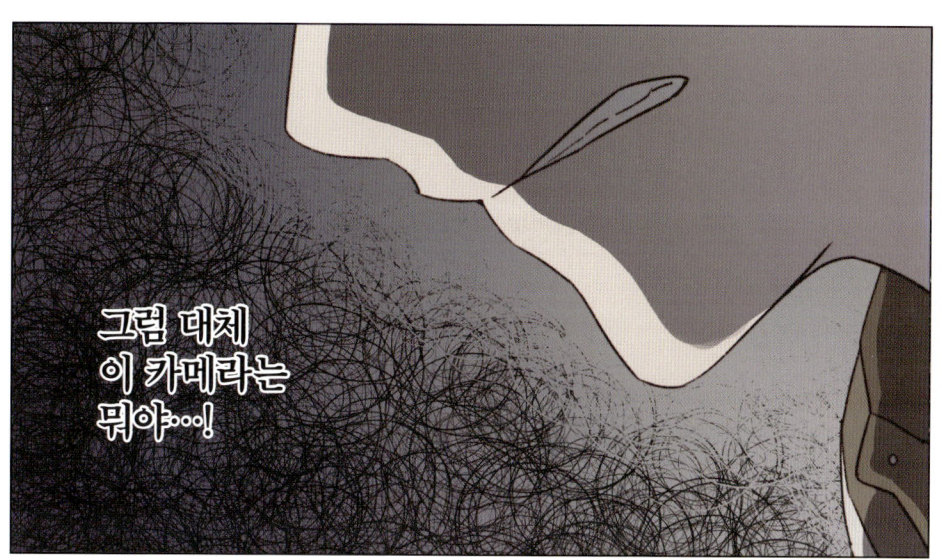

그럼 대체
이 카메라는
뭐야…!

왜 이런 사진이
여기 찍혀 있는 거고,

어디로 사라진 거야?

원래 있었던 예림이 카메라는

금마,
계속 그러고
있다고…?

뭐라고?

팅
팅

팅

팅

팅

하아아…

제수씨만 보고 살던 놈인데
별수 있겠습니까?

오히려 그만하며
다행이다 싶을
정돕니다.

파박

참 나!
내 살다 살다~!

뇌 기능이
정지하는 병은
또 뭐야~?!

터벅

것 말고,
따른 건 더
없었꼬?

그기…

터벅

터벅

99

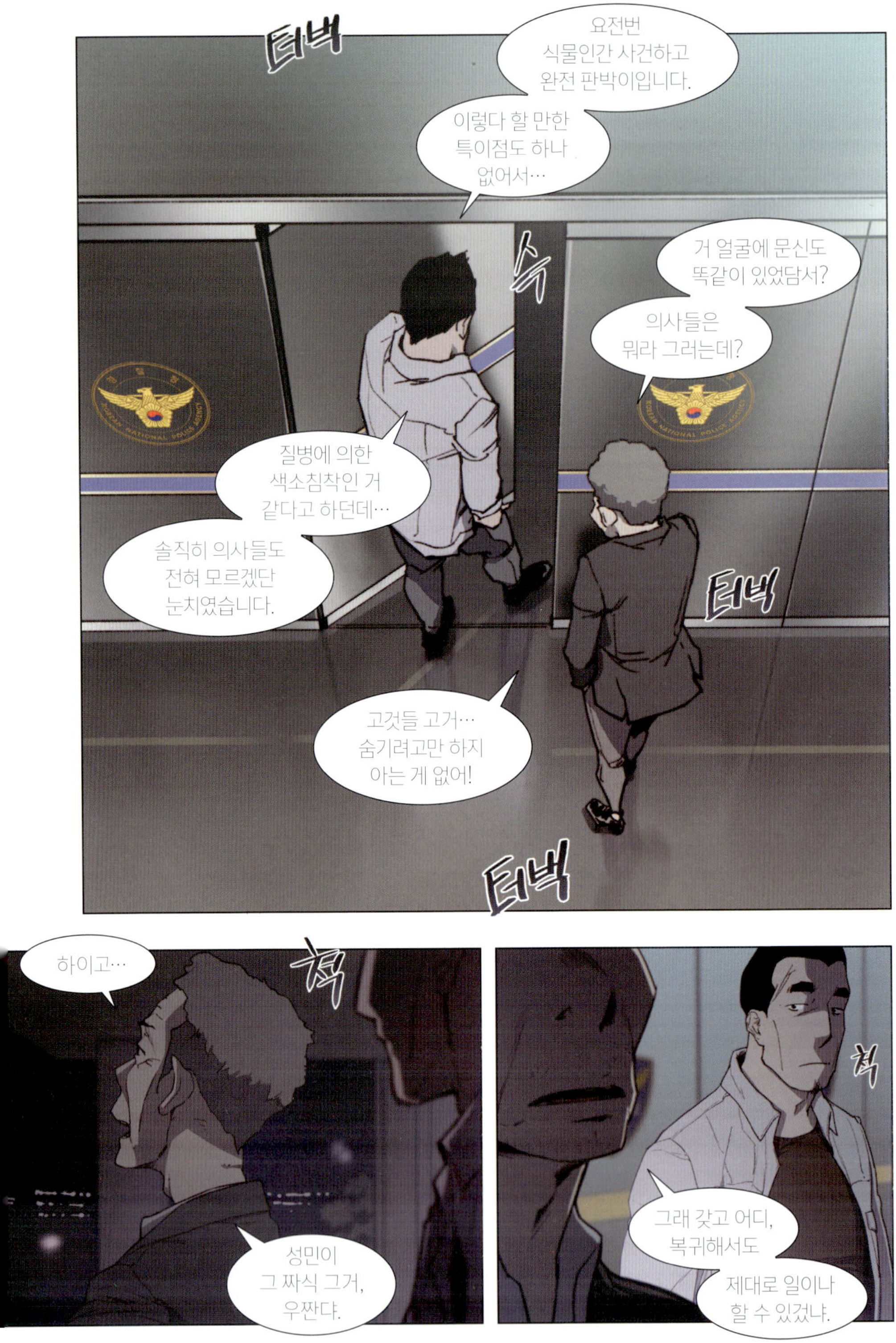

터벅

요전번
식물인간 사건하고
완전 판박이입니다.

이렇다 할 만한
특이점도 하나
없어서…

슥

거 얼굴에 문신도
똑같이 있었담서?

의사들은
뭐라 그러는데?

질병에 의한
색소침착인 거
같다고 하던데…

솔직히 의사들도
전혀 모르겠단
눈치였습니다.

터벅

고것들 고거…
숨기려고만 하지
아는 게 없어!

터벅

척

하이고…

성민이
그 짜식 그거,
우짠댜.

척

그래 갖고 어디,
복귀해서도

제대로 일이나
할 수 있겄냐.

100

아무튼 동수 네가
성민이 금마
신경 좀 써주라.

괜히 숭한 소문
안 돌게 조심하고.

쉬는 동안
자주 가서 위로도
쫌 해주고.

넵, 그렇게
하겠습니다.

그리고
팀장님도

너무 걱정하실 거
없습니다.

성민이 자식이 그래 보여도
나름 우리 서 에이스 아닙니까?

시간이 조금
필요하겠지만…

성민이 녀석이라면

금방 훌훌 털고
일어날 수
있을 겁니다.

안녕하십니까!

광의서 강력팀
서성민 경장입니다.

고생 많으십니다.

혹시
3월 10일 103동
CCTV 영상 좀
확인할 수
있을까요?

CCTV요?

무슨 일
때문에 그러시죠…?

아…

도난 사건을
조사 중입니다.

도난… 시긴?!

아파트서요?

103

복잡하게 생각하지 말자.

가만있어봐···
3월 10일이면···

내 근무 섰던
날인데···?

그냥 해야 할 일을
하는 것뿐이야.

지금까지 수백 번도
더 생각해봤지만…

예림이가 식물인간이 된 것과
다른 걸 연관 지을 여지는
전혀 없었어.

하지만 이건 달라.

불확실한 부분들을
제외하고 생각하더라도

상황 자체가 명확해.

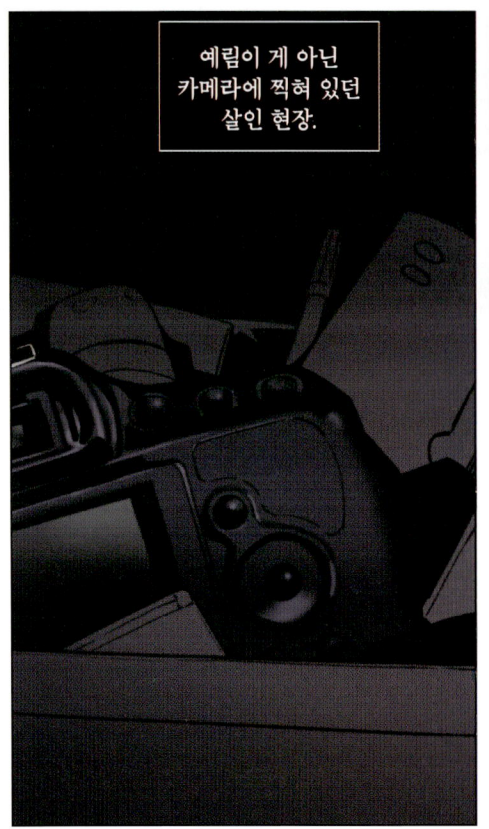

예림이 게 아닌
카메라에 찍혀 있던
살인 현장.

사라진 예림이의
흰색 카메라.

만약 예림이가
사건 당일,

흰색 카메라를
집으로 가져왔다는
사실만 확인되면

방법이야 어찌 됐든 간에

누군가가 집에 찾아와서 예림이 카메라를 가져갔단 이야기가 돼.

다만 당초에 찾아가려던 검은색 카메라가 아닌 예림이 카메라를 잘못 가져갔고,

그 과정에서 예림이가 식물인간이 됐다고 생각할 수 있어.

그래, 그것 말곤 설명할 길이 없어.

만약 이게 맞다면 분명히 찍혀 있을 거야…

카메라를 가져간…

누군가의 모습이…!

107

하아아아…

그래, 그럴 리가 없지.

예림이가 집에 들어갈 때부터
내가 병원에 업고 간 이후까지도…

의심될 만한 정황은 전혀 없었어.

그래…

애초에 타인이 마음대로 너의 스위치를
켰다 껐다 할 수 있는 문제가 아니잖아.

감정이 격해져서
생각이 지나쳤던 거야.

쩌어기…
형사님…?

네?

그… 형사님이랑
같이 영상 보다 보니…

갑자기 생각이
쫌 났는데요…

그날, 순찰 돌다가
이상한 걸 쫌 봐서요…

정말이십니까?!

혹시 인상착의 기억하십니까?

아!

아뇨! 아뇨!

누굴 봤다는 게 아니라…!

하이고…
이거이… 그런 게 아닌데,
괜히 주책 부렸나…

벅 벅

아… 아닙니다!
괜찮습니다. 괜찮습니다.

사소한 거라도
상관없으니 그냥
편하게 말씀하세요.

스윽

…

형사님한테 조금
이상하게 들릴지도
몰겠는디…

그날,
도깨비불을
봤습니다.

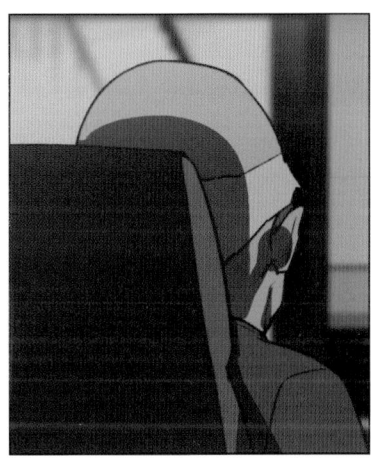

…네?

잠…
잠깐만요!

더듬

더듬

그게
무슨…

참말입니다,
형사님!

덜컥

늙은이가
노망났다 생각할까 봐
말 안 하려 했는데…

절대 거짓말은
아닙니다…!

내 똑똑히 봤어요!

순찰 돌다 멈춰 선

불거진 3동 앞에서

도깨비불을요…

시퍼렇게 타오르던…

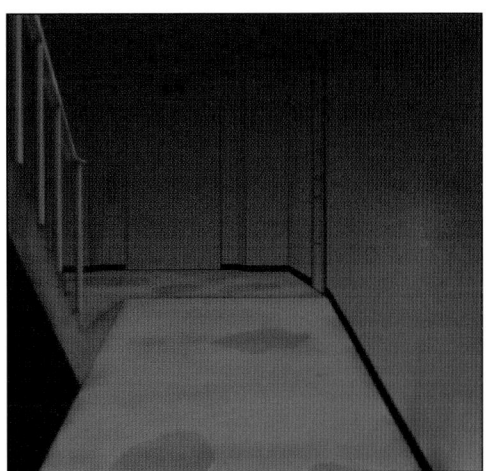

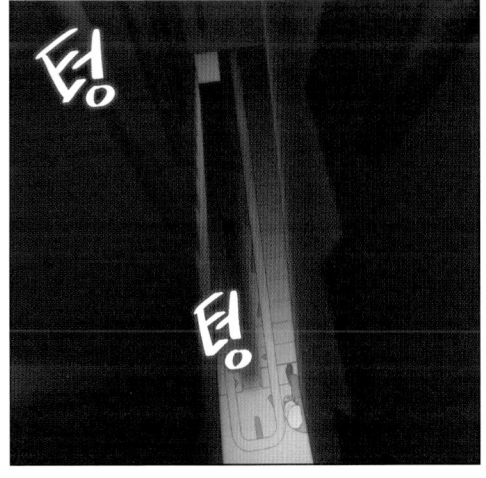

10시에서 10시 반
사이였을 거예요.

내 근무 설 때면 항상,
저녁 시간에 아파트를
한 바퀴 쭈욱 도는데

102동을
지날 즈음 해서 보니

조금 전까지 켜져 있던
3동 입구 등이 나갔더라고요.

그런데 입구 말고도
거쪽이 온통 째까매서

혹시 정전인가
내 확인해볼라 했었는데…

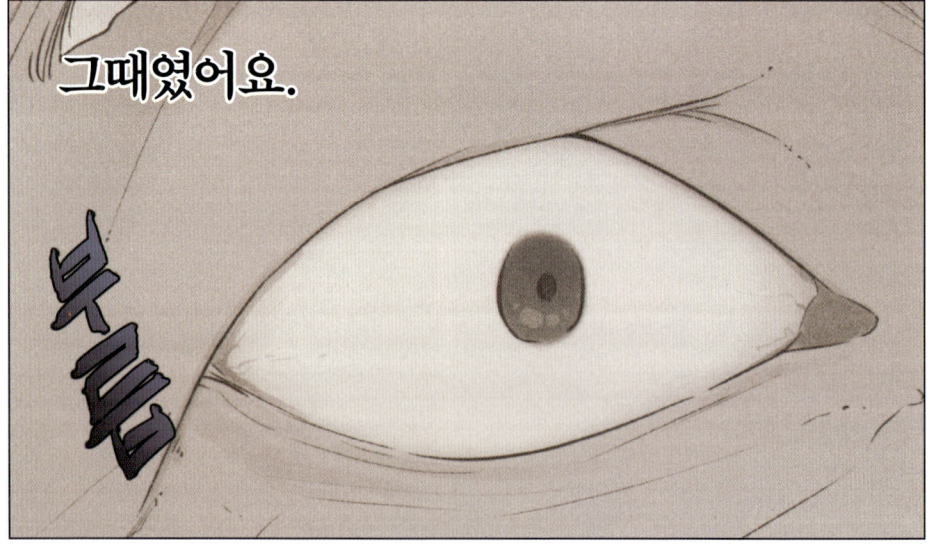

그때였어요.

다음 순간, 곧바로 다시
불이 들어오긴 했지만.

그 잠깐 사이…

그걸 본 겁니다.

내 정확히 기억하고 있어요.

2층과 3층 사이의
층계에서

도깨비불을…

시퍼런 빛을 내뿜던

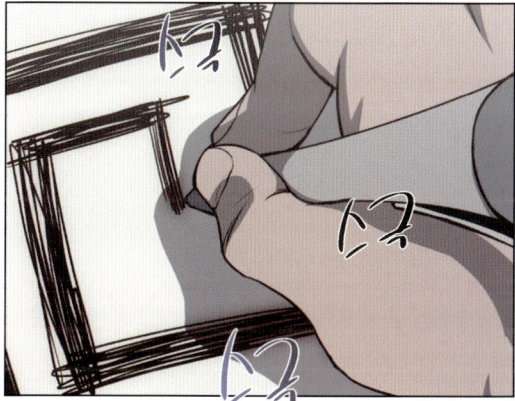

흐으음…

동수 선배
뭐 하심까?!

아유 씨!
깜짝이야!!

상현이 넌 왜 맨날
갑자기 튀어나오고
지랄이야!

세상에…
방금 전까지
계속 불렀는데…

충격적이네요…

술과 여자 외에
선배를 이렇게 집중시킬 수 있는
뭔가가 아직 세상에 남아 있었다는
사실이…

새끼가 또…
자꾸 개소리
할래?

대체 뭡니까?!
어떤 요물이 선배를
그렇게 만든 겁까?

설마 이거…
부적 그리고
계셨던 검까?

하아 씨… 부적은 무슨…

야야~ 쓸데없는 소리 하지 말고 가서 일이나 해, 임마…

어? 그러고 보니…

오늘따라 기분이 굉장히 다운돼 보이시는데

설마… 또 아무나 붙잡고 고백했다가 차여서 이 부적을…

새끼가 꼭 말을 해도…

아우~ 무슨 일 때문인진 몰라도 기운 좀 내십쇼.

안 그래도 비 와서 축축 처지는데

선배님까지 그러면 어떡합니까?

까불지 마, 임마! 너 보고서는 다 쓰고 이러는 거야?

그거 오늘 안에 다 못 쓰면 진짜 죽을 줄 알어?!

아…~! 정말이지 너무하심다~!

선배님은 여자 홀리는 부적 그리고 계셨으면서…!

아아아아… 통재라…

정말이지 이럴 때 성민 선배는 어딜 가신 건지…

아! 맞다! 맞다!

근데 호옥시~
성민 선배 어디 아파서
휴가 내신 검까?

그건
갑자기 왜?

아! 별건 아닌데~

제가 얼마 전에 병원 갔다가
얼핏 성민 선배 비스무레한 사람을
봐서 말임.

그땐 긴가민가했었는데

이번에 휴가 길게 내신 거 보니
혹시 어디가 많이 아프신 게
아닐까 싶어서…

마! 네가 지금
남 걱정할 때야?!

악!!

시간 끌지 말고
가서 하던 거나 해
임마!

쯧,
새끼가 말이야.

의형,
부작효과가 잇길
기도하겠슴다...

음?

우웅

우우웅

성민 📷 사진

보기

닫기

성민아!
이거 뭐야?!

지금
보낸 사진들
뭔데?!

무슨 일 있어?

너 지금 어디야?!

…서성민?

듣고
있는 거야?!

왜 아무 말도
없어?!

대답 좀!

형님.

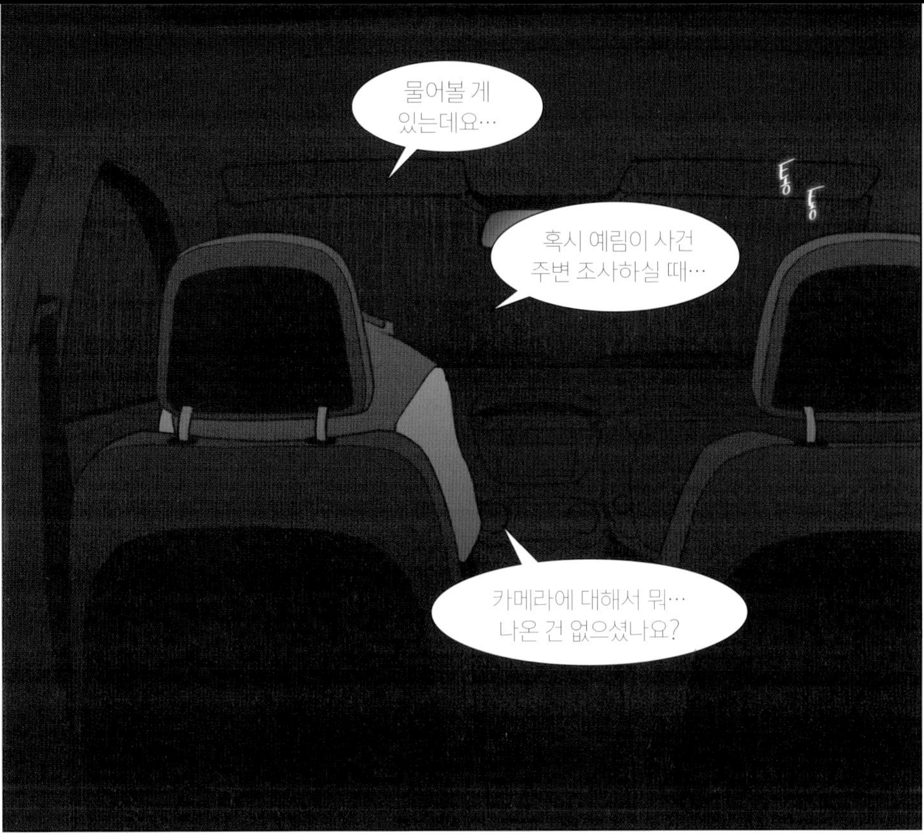
물어볼 게 있는데요…
통 통
혹시 예림이 사건 주변 조사하실 때…
카메라에 대해서 뭐… 나온 건 없으셨나요?

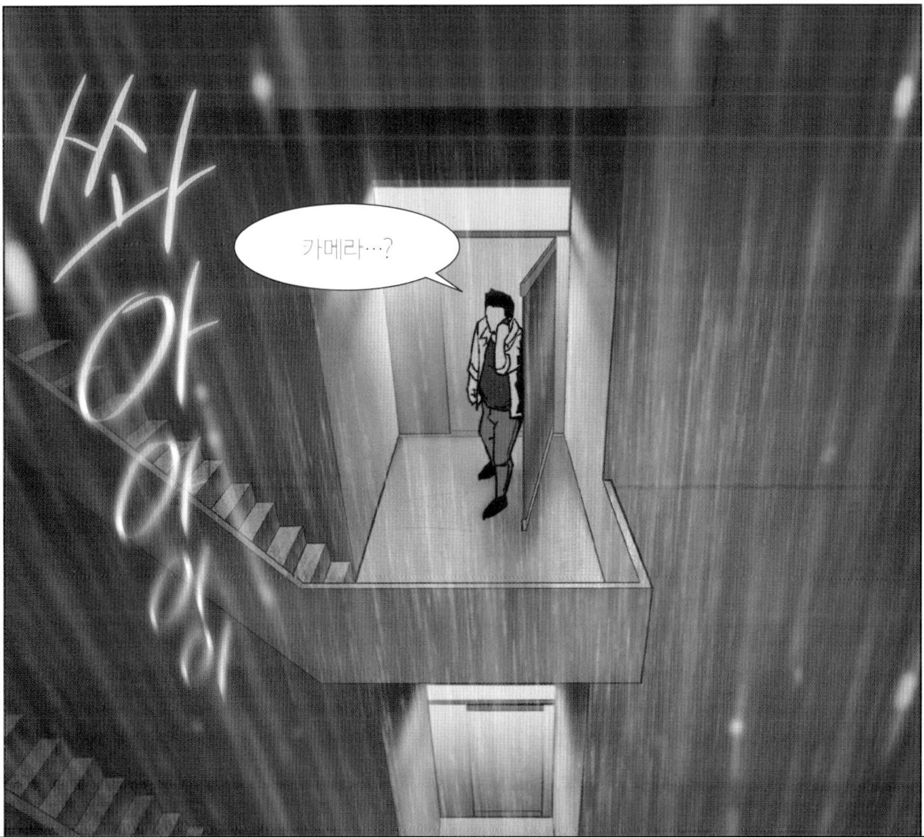
쏴아아아
카메라…?

아니?
그런 건 없었는데?

근데 카메라는
갑자기 왜?!

…

형님, 부탁 하나만
드려도 될까요?

금방 보낸 사진 속 장소가 어딘지
찾는 걸 도와주셨으면 좋겠어요…

물론 이것만 가지고
찾아내기 어렵겠지만…
이런 건 형님이 전문이시니까요.

다짜고짜 피 칠갑된
사진을 보내놓곤
그게 무슨 말이야?

알아듣게 좀
설명해봐~!!

…

아까 점심쯤에,
뭘 좀 부탁 받아서
예림이 집에 갔다가

우연히 구석에 박혀 있던
검은색 카메라를
발견하게 됐는데요…

거기에 금방 보내드린
살인 현장이 찍혀 있었어요.

하이 씨!!

야! 서성민!!

너 지금 무슨 생각하는 거야?!

제수씨 일은 이미 다 끝난 얘기잖아?!

왜 또 이상한 걸로 엮으려고 해?!

제가 딴 걸 갖고 그러는 게 아니잖아요!

방에서 살인 현장이 찍힌 카메라가 나왔는데

제가 어떻게 그냥 넘어가요?!

야, 그러니까 내 말은!!

그게 제수씨 일이랑 무슨 상관이냐는 거야…!

솔직히 제수씨 직업이 패션 포토 뭐시기… 그건데?!

그런 콘셉트 사진은 충분히 찍을 수 있는 거 아니냐?

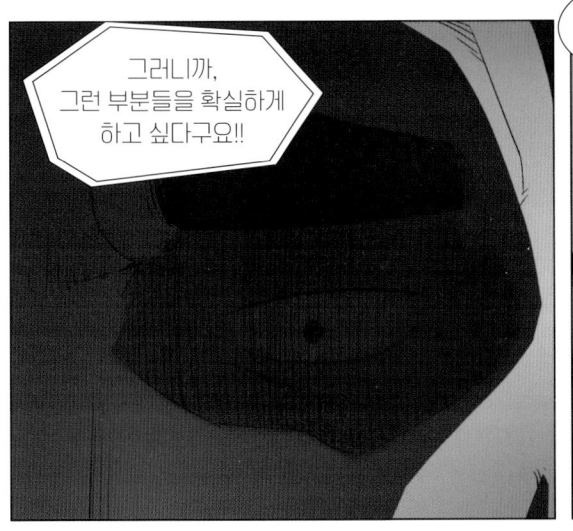

그러니까,
그런 부분들을 확실하게
하고 싶다구요!!

그 사진이
콘셉트 사진이 됐든
뭐가 됐든 간에

그런 미심쩍은 부분들을
확실하게 확인하고
싶다는 거예요!!

솔직히 지금 쉬고 있는 이유가
빨리 마음잡으라는 거잖아요.

그런데
이런 별거 아닌 것조차
확인하지 않는다면

제 마음이
편해질 리가 없잖아요?!

이 정도는 남자친구로서도
충분히 할 수 있는 일 아닌가요?

하아아… 씨…

씨발롬이 하튼,
말은…

좋아…

난 이제 모르겠으니까
그건 너 맘대로 해.

쏴아아

하지만
내 도움 받는 건,
조건이 있어.

주륵
주륵

제수씨랑 관련된 일들은
딱 업무 복귀 전까지만
하겠다고 약속해.

토옹

통

휴가 기간은
상관없어.

근데 복귀해서도
계속 그러면
그거 완전 민폐니까.

이거는 정말
최소한의 요구 조건이라고
생각해.

토옹

좋습니다.

그것만큼은
분명히
약속드릴게요.

딱 이 사진에 대한
의문점만 풀면
만족하겠습니다.

설령 기간 내에
원하는 답을 찾지
못한다 하더라도…

식물인간이라 하면…

주로
교통사고 등으로

일반적으로

두부에
커다란 외상을
입거나

뇌출혈,
뇌경색과 같은

뇌 질환에 의해
대뇌피질이 손상되어

운동 기능과
의식은 정지되고,

뇌간에 의한
심장박동과 호흡,

소화 기능만 할 수 있는
상태를 말합니다.

그런데 민성경 환자와
한예림 환자는

이러한 증상들을
전혀 보이지 않았음에도
불구하고

135

알 수 없는
이유로 인해

뇌의 일부가
제 기능을 하지
못하게 된 겁니다.

쉽게 말해

현재 한예림 환자는

언제 깨어날지 모르는

식물인간 입니...

성민 오빠!!

오… 오빠…?

괜찮으세요?

caferaneyo

아니에요, 오빠.

저도 언니 얘기 듣고부턴 진정이 안 돼서

조금이라도 빨리 만나고 싶었어요.

둘 다 바쁠 텐데… 아침부터 불러서 미안.

달각

근데 대체 언닌 갑자기 왜 그렇게 되신 거예요?

그렇게 건강하셨는데 의식불명이라니…

…

나도 뭐가 뭔지 잘 모르겠어.

병원에서도 아직 검사 중이라서

원인을 알려면 조금 더 기다려야 할 것 같아.

정말요?

…힘내세요, 형.
누나 금방 쾌차하실 거예요.

맞아요,
언닌 진짜 별일 없으실 테니
너무 걱정 마세요.

그래…
둘 다 고맙다.

저기… 그리고 형.

그… 카메라
말씀하신 거
말인데요.

아침에
스튜디오 들러서
있을 만한 곳
다 찾아봤는데…

아무래도
아닌 것 같아요.

그래서 계속
생각해봤는데요.

제 기억으론 촬영 끝나고
예림 누나가 가방에
챙겼던 것 같아요.

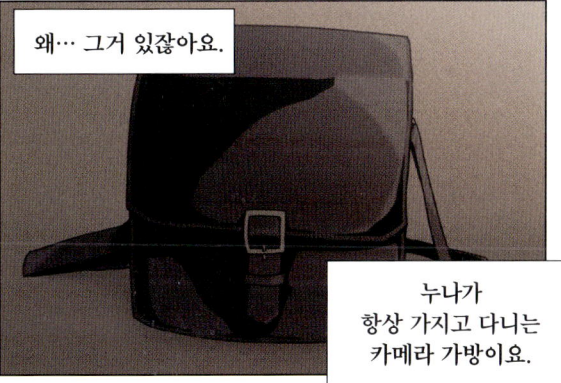

왜… 그거 있잖아요.

누나가
항상 가지고 다니는
카메라 가방이요.

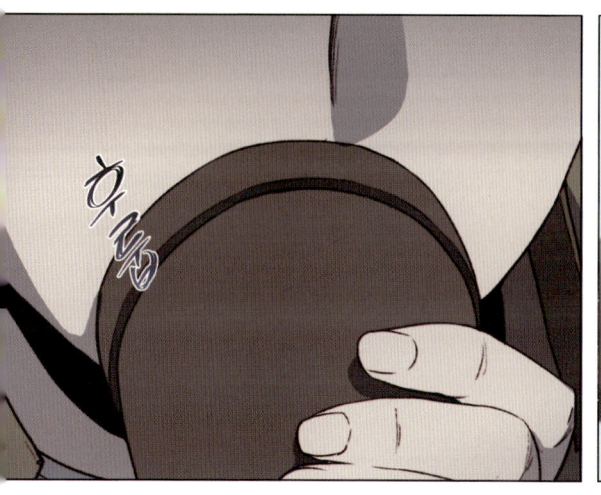

가방에는
없어…

거기 말고도
예림이 집이랑 차까지
다 찾아봤는데 없어서 그래…

어…?
정말요?

그럼 그게
어디로 갔지?

그러게…
예림 언니가 뭘 흘리고
다닐 사람은 아닌데…

그럼 촬영할 때
특별한 일 같은 건
뭐 없었니?

수상한 사람을 봤다거나,
아니면 뭔가 신경 쓰이는 게
있었다거나…

글쎄요… 그날 촬영은
늘 하던 사람끼리 평소대로 했고
별다른 문제도 없어서…

아, 맞다!

저기!

지금 생각났는데,
저는 조금 마음에
걸렸던 게 있어요…

태식이 말대로
촬영도 순조로웠고,

언니가 저희나
잡지사 사람들이랑
얘기할 때도

아무 문제없었던 건
분명 맞는데요…

저는 좀 그랬던 게…

중간중간 쉴 때나
언니 혼자 있을 때 보면…

음, 뭐랄까…?

표정이 조금…

어두웠다고 해야 하나?

근데…
그건 너무 애매하지 않나?
그런 건 그냥 네 느낌이잖아.

아냐 아냐!
이건 진짜라니깐!

오빠도 아시잖아요!

저랑 언니랑
학교 다닐 때부터

벌써 몇 년을
같이 붙어 다녔는지!

언니가 워낙 무슨 일 있어도
전혀 티를 안 내는 성격이다 보니

항상 같이 다니는 저도
모르고 넘어갈 때가 많은 건
사실이에요.

아무리 그래도…

언니, 언니~

지금 모델분 준비
다 됐어요~!

이제 시작하면
될 것 같…

그날만큼은…

평소랑 달랐다는 게…

딱 느껴졌거든요.

…오늘 집에 올 수 있어?

…됐어.

이미 늦었어.

고마워, 마지막으로
하나만 더 물어볼게.

너희 혹시…

달칵

예림이가 이 카메라
가지고 다니는 거
본 적 있니?

으으으음…

아니요,
전 처음 보는데요…?

그래? 그러면 그 안에 있는
사진도 한번 봐줄래?

음.
저도 처음 보는데…

브랜드 자체도 한 번도
본 적 없는 건데요…?

사진이요?

어떤 사진…

깍!!

성미야?!

떨컥덩

놀랐으면 미안한데…
다시 한 번 보고
대답 좀 해줄래?

여기 찍혀 있는 이 사진이
콘셉트 사진일 수 있는 거야?

콘셉트…
사진…이요?

자… 잠깐만요!
이건 왜 물어보시는
거예요?!

설마 언니가 의식불명이 된 게 병 때문이 아니라 무슨 사고를 당하셔서 그런 거예요?

이 사진이 어떤 관련이 있는 거고요?

그러니까…

나도 그걸 알고 싶어서 물어보는 거야.

…!!

말했잖아, 나도 뭐가 뭔지 하나도 모르겠다고…

그냥 아는 대로만 말해줬음 좋겠어.

이게 진짜 살인 현장 사진이야?

흠

찻

여름 호러 특집···
같은 거라면···

턱

이런 분위기로
찍을 수도 있어요.

하지만 당연히
콘셉트 촬영이라면…

조명 같은 걸로 충분한 광량을
확보한 상태에서 사진을 찍고

후보정으로
그런 으스스한 분위기를
연출하는 게 일반적이에요.

그런데 이 사진은
콘셉트 촬영으로 보기엔
너무 어둡게 찍었어요.

후보정을 한다 치더라도
이렇게 찍어놓으면 어두운 부분이 죽어서
좋은 사진이 나오긴 어렵거든요.

다시 말해,
정말 초보자가
잘못 찍었다거나

누군가가
의도적으로 이렇게
찍은 게 아니라면,

이건 실제 현장을
찍은 거예요.

아니요..

이전에도
그렇고…

언니가 이 카메라를
가지고 있는 건
한 번도 본 적 없어요.

예림이가 카메라를 갖게 된 건
분명 최근에 들어와서야.

그날 촬영 내내

어딘지 모르게
불안해 보였다고
해야 하나?

시기는 화보 촬영이 시작되기 이전.

야외 촬영으로
멀리 가는지라

촬영 당일은
아침부터 계속
정신이 없었거든요…

아마도 촬영 하루 전날.

그날은 잡지사 관계자랑
회의 겸 가벼운 술자리가
있다고 했었어.

술자리 때문에
차를 끌고 가지 않아서

미팅이 끝난 뒤엔
대중교통을 타고
집에 간다고 했었는데…

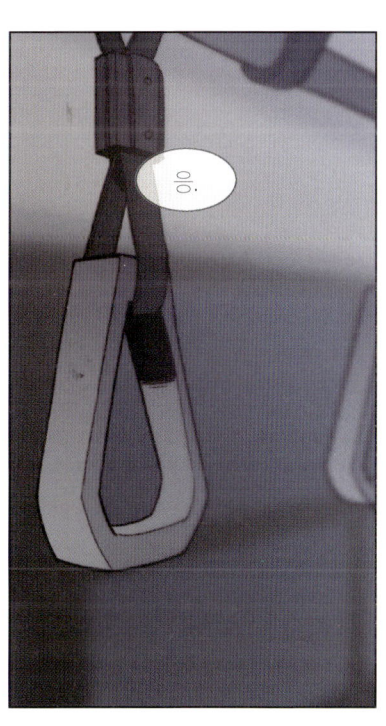

응.

이제
거의 다 왔어.

그래? 술은?
많이 마셨어?

아니~
맥주 한 잔 정도?

다행이다,
내가 데리러 갔어야 하는데
친구 놈 때문에…

치… 됐거든용?
모처럼 만난 거니까
재밌게 놀구 와~

오빠
친구 만난 거야?

아니, 차가 많이 막혔나 봐.
이제 근처 다 왔대.

아이고오~
그 오빠도
피곤하겠다.

어?!
근데 여기 무슨
사고 났나 봐.

사고?
무슨 사고?

트럭이 건물로 돌진했나 봐.
다 부서지고 난리 났어,
어뜩해…

진짜?
…미쳤네.

지금 시간이면 거의
음주운전일 텐데.

하여튼
술이 문제야.

맞아,
그러니깐 오빠도
적당히 먹으라규.

만약 그날 통화할 때 이미
카메라를 가지고 있었더라면

쿡쿡,
알겠어.

분명 통화 중에 살인 현장 사진에 대한
얘기가 나왔을 거야.

즉, 버스에서 내릴 때까지는
카메라에 대해서 전혀 몰랐단 말이 돼.

만에 하나 통화 이후에
살인 현장을 직접 목격했다면,

그 역시 경찰에 신고하고
나에게도 연락을 했을 게 분명하니까,

결과적으로 생각할 수 있는 건

통화가 끝난 이후,
이 근처 어딘가에서

그날 그런 긴급함을 요하는 일들은
겪지 않았다는 뜻이야.

그 검은색 카메라를
갖게 됐단 거다.

155

아유~ 그때는 이제
문 닫고 간 뒤였죠.

저도 다음 날 아침에
사고 난 거 보고

얼마나 철렁했는지
모르겠다니까요?

아아
네에…

그럼 혹시 그날
장사하실 때

수상한 사람
보신 건 없었고요?

수상한
사람이요?

글쎄요?
지나가는 사람들 다
모르는 사람들뿐인데…

요즘 세상에 달리
수상한 사람이랄 게
있겠어요?

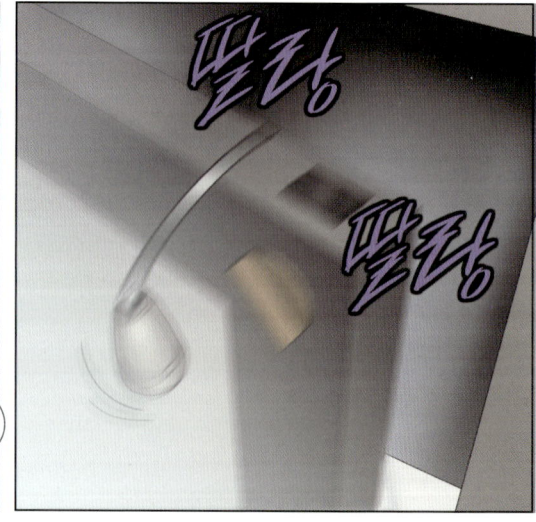

딸랑

딸랑

156

예, 형님.
이제 일어나셨어요?

어.
조금 전에
일어났다.

매번 느끼지만
야간 끝나고 난 뒤에 잔 건
도무지 잔 것 같지가 않다야.

성민이
넌 지금 어디냐?!

저는 지금
예림이 집 근처
탐문 중이에요.

아마도 예림이가
그 카메라를 얻게 된 장소가
집에 가는 도중인 것
같아서요…

그리고 제가
형한테 보내드렸던 사진에
대해서도 알아봤는데요.

그 사진…

합성이나 콘셉트가 아니고,
실제 현장을 찍었을 확률이
90% 이상이래요.

그러니까 살인 현장에
있었던 누군가가
직접 찍은 사진이 맞고,

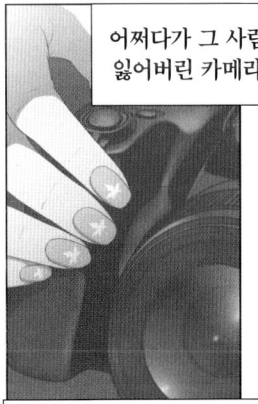

어쩌다 그 사람이
잃어버린 카메라를

예림이가 가지게 됐다는 게
가장 설득력이 있는 것 같아요.

그렇다면 그 카메라는 알려지지 않은 실제 살인 사건의 중요한 증거물이고,

예림이 카메라가 없어진 것도…

결코 이것과 무관하다고 볼 수 없다는 말이에요.

씨발…
그럼 그게…

…

되긴 하는데…
가는 데 한 시간 정도는 걸릴 것 같아요.

괜찮으세요?

야, 성민이 너 지금 우리 집에 올 수 있나?!

네?
지금요?

찰각

찰각

어, 상관없어.

나 그 사진 속 장소에 대해
좀 짚이는 게 있어서 그래…

읍찟

네?!
…정말이세요?!

근데 이게… 씨…

벅
벅

우우우~

솔직히 뭐가 뭔지
하나도 모르겠다…

일단 와라.

일단…

니가 와서 보고
얘기하는 게
제일 나을 것 같다.

띠
띠
띠
띠
띠
띠
띠토리~♪

벌컥

형님,
저 왔어요~

달칵

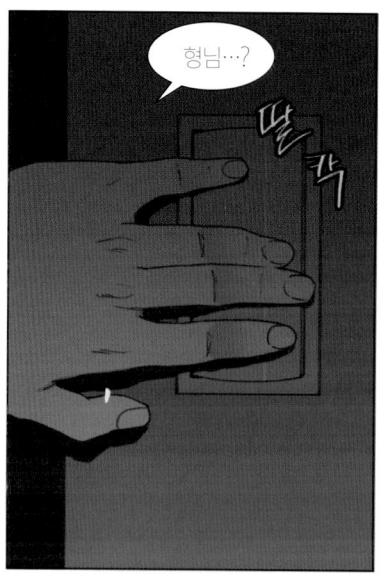

형님…?

딸
칵

두리번

두리번

뭐야, 톡 보낸 지도
꽤 됐는데
아직도 안 오셨네…

오후 08:13

맛있는거사올테니
도착하면저들가있어
집비번 ○△○✕

도대체 뭘 사 오느라
이렇게 오래 걸리시는 거야.

오늘은 술 안 먹을 거라
음료수도 따로 사 왔는데…

또 이것저것 잔뜩 사 와서
같이 술 먹자고 하시겠네…

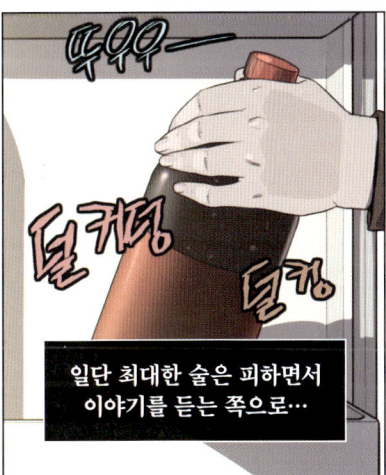

일단 최대한 술은 피하면서
이야기를 듣는 쪽으로…

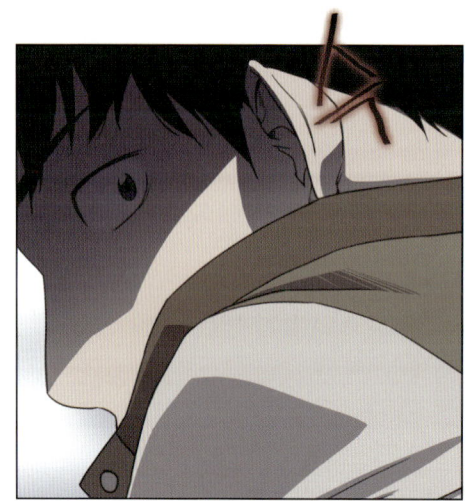

165

네?

아니?!

그게 무슨
말도 안 되는
소립니까…!!

하아… 그러니까아…
지금 그 말이 아니잖아요!!

이미 사람이 들어와 살고 있는데
아직도 CCTV 설치가
안 됐다는 게 지금…!!

보세요, 선생님!! 그러니까 지금
그걸 따지자는 게 아니잖아요!!

아뇨!
설치할 거였다가 아니라!!
설치를 했어야…!!

성민아!

…

왜?!

뚜벅

뭔데?!

뚜벅

팀장님…!

뭐야?!

방금 연락 받고 바로 왔는데
뭐가 어떻게 됐단 거야?!

168

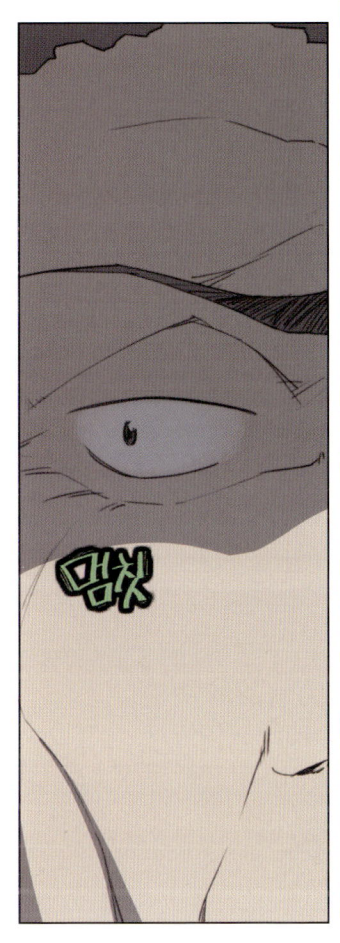

멈칫

두웅

씨발…
이… 이게 뭐야…?

169

제가…

처음 현장을
발견…했습니다…

동수 형이 그냥…
저녁이나 같이 먹자고…
그래서.

알겠다고 하고
바로 온 건데…

먹을 거 사러 간다며
먼저 들어가 있으라는 톡을 끝으로
연락이 두절됐습니다…

제가 집에 도착했을 때
여긴 이미 이렇게
피투성이가 된 상태였고,

현장엔
아무것도 없었습니다…

아무것도 없었다니
그게 무슨 말이야?!

그라면 동수!!

…동수는?!

…

그게…

감식 결과가
나와봐야 알겠지만…

동수 형 핸드폰이
침실에서 발견됐고,

평소 신던 신발이
현관에 흐트러진 채
남아 있었습니다.

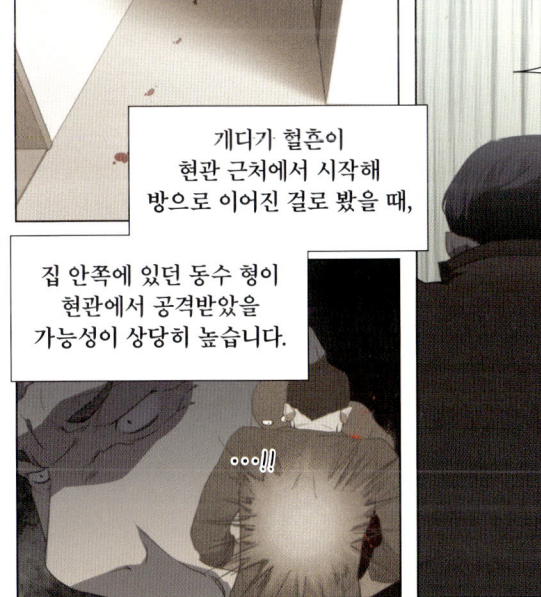

게다가 혈흔이
현관 근처에서 시작해
방으로 이어진 걸로 봤을 때,

집 안쪽에 있던 동수 형이
현관에서 공격받았을
가능성이 상당히 높습니다.

씨발!!!!

움찔

ooo川

미친···!!

···어떤 또라이
새끼가 감히···!!

대한민국
강력팀 형사를···!!

피해자가 자력으로 이곳에서 나갔다면
혈흔이 더 남아 있어야 하는데
그게 없는 걸로 봤을 때···

현재로서는 동수 형이
살해당했다고
볼 수밖에 없습니다.

그럴 경우 분명
범인이 직접 사체를
건물 밖으로 옮겼을 겁니다.

저···

···팀장님.

···일단 제가 지원 요청을 한 뒤,
초기 조사를 좀 했었는데요···

지어진 지 얼마 안 된 건물이라
아직 CCTV 설치가 안 됐다고는 하지만

아무리 그래도
한 시간 남짓 되는 시간 동안

사람들 눈에 띄지 않고
큰 시체를 옮기긴 힘들었을 겁니다.

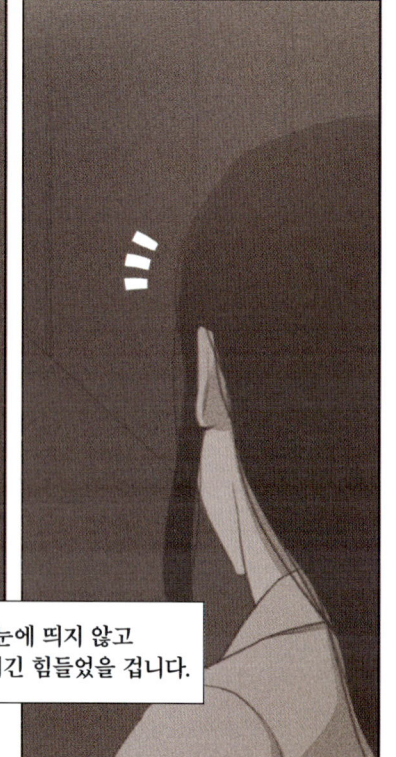

성민이 넌
거까지만 하고 빠져.

지금 바로 입주민하고,
주변 거주민 대상으로 해서

커다란 여행용 가방이나
박스 등을 가지고 간 사람을 봤는지
조사해보면

빠르게 용의자를
특정할 수도…

네?

너 지금 여자친구 문제로
휴가 낸 상태잖아…?

가뜩이나 정신적으로 힘들 텐데
우리가 이런 일까지 부담시킬 만큼
악질은 아니다.

딱빅

딱빅

툭

툭

일단 지금은 쉬고
나중에 휴가 복귀해서
수사 합류하는 걸로 하자.

수사 상황은
중간중간 알려줄 테니
걱정 말고.

뚜벅

아니…!!

강력팀이 언제
그런 거 따졌다고
그러십니까?

무… 무슨
말씀이십니까?!

저 괜찮습니다!!

제가 동수 형이랑
지낸 시간이 얼만데
여기서 빠질 수 있겠습니까?!

임마!

긴말할 거 없어.
네가 낸 휴가니까
그때까지는 그냥 쉬어.

티… 팀장님!!

휴가 낸 후로
쭉 폐인 상태로 전전한 놈이
무슨 살인 사건을 수사해?!

네가 정신 상태 온전히 있었으면
수사에서 제외시킬 이유가
뭐가 있겠냐고?!

저 진짜
괜찮습니다!!

어차피 제가 최초 목격자라서
제 진술이 필요할 거 아닙니까?

한번 생각해보십쇼!!
지금 동수 형 방이 지렇게
피투성이가 돼 있는 걸
봤는데…!!

제가 잠이나
편히 잘 수 있겠…!!

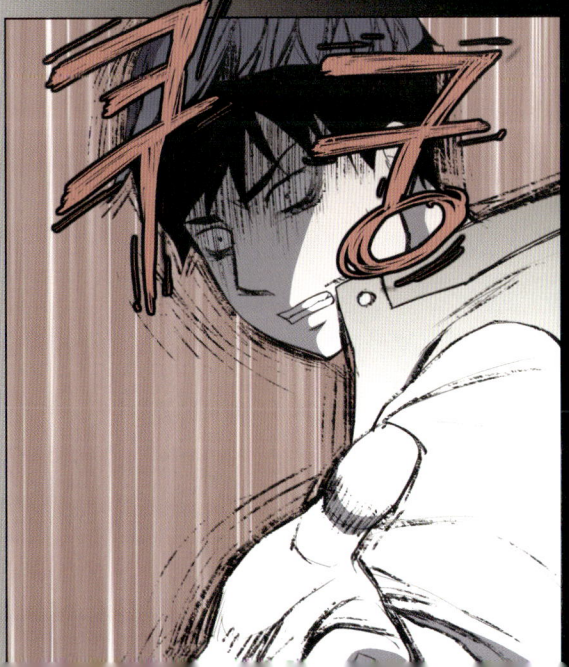

175

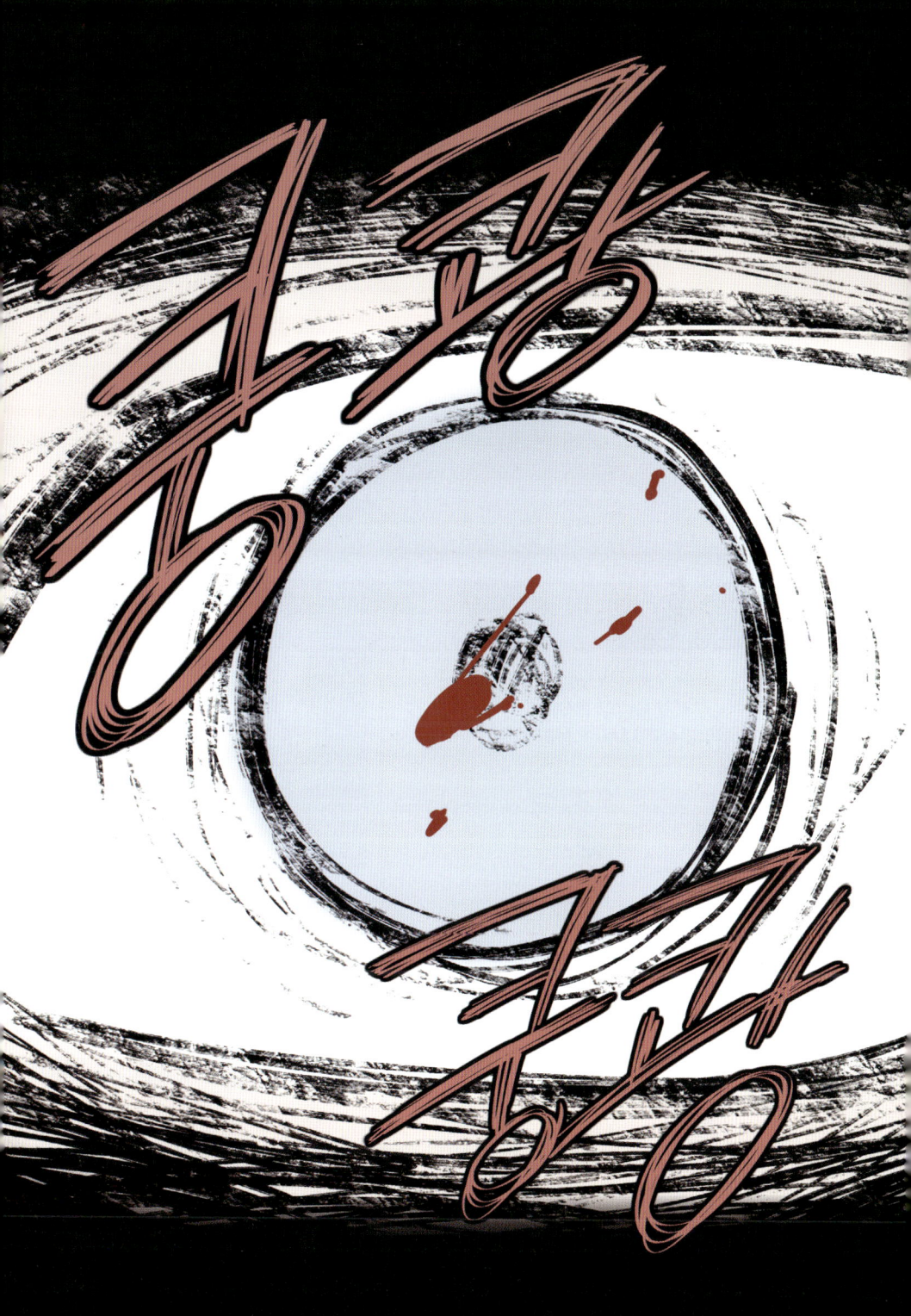

179

서성민!!

네?

아…

네!

스윽

하아아…

잔말 말고
그냥 가서 푹 쉬라.

톡

담 주에 멀쩡한 모습으로
복귀해서 같이함 될 거 아이가?

이거 봐~ 이거!!
갑자기 넋이나 놓고!
이러다 사고 나는 거 몰라?!

이러고선
무슨 수사야?! 앙?!

크래

크래

나도 임마!
한 명이 아쉬운
상황에서

괜히 너를 빼겠다고
그러겠냐고?!

...팀장님 말이 맞습니다.
경솔하게 굴어서 죄송합니다.

꾸벅

그만 가보겠습니다,
고생하십쇼.

뚜벅

뚜벅

달ca 칵

후우우우...

절대

절대

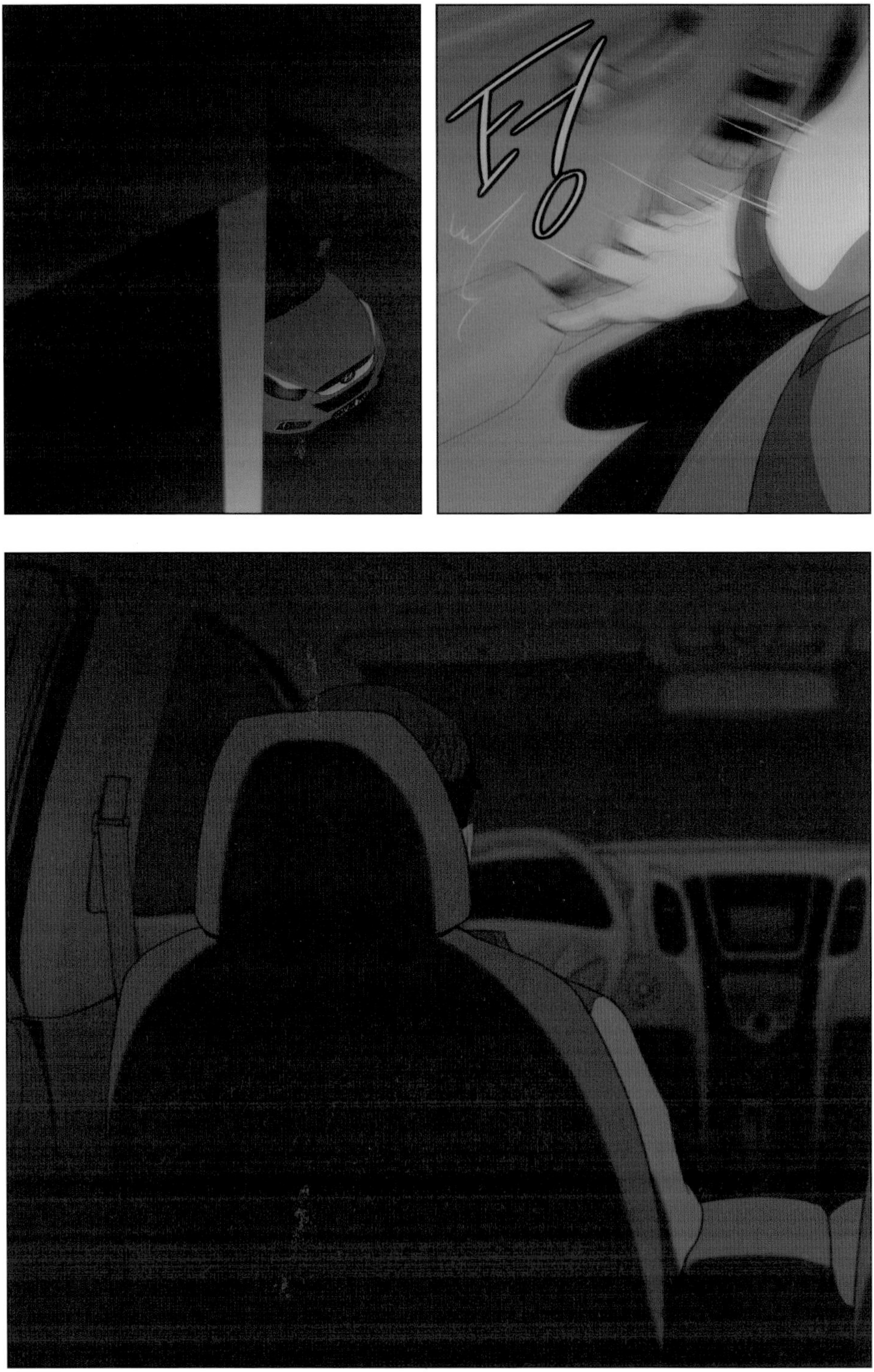

피…

말도 안돼…

이 옷…

똑같아.

동수 형이 평소 입던 옷, 침대, 피 묻은 것까지.

이건 지금 벌어진 현장이랑 완전히 똑같다고.

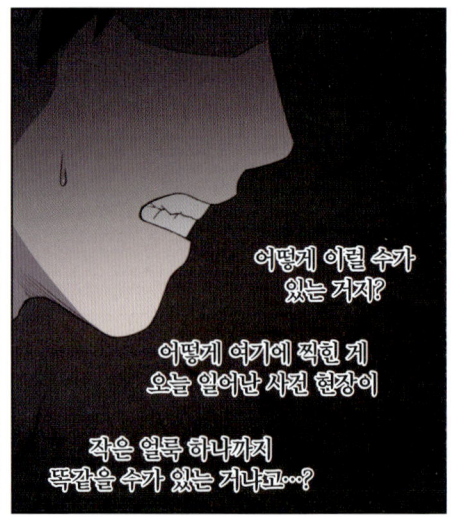

어떻게 이럴 수가 있는 거지?

어떻게 여기에 찍힌 게 오늘 일어난 사건 현장이

작은 얼룩 하나까지 똑같을 수가 있는 거냐고…?

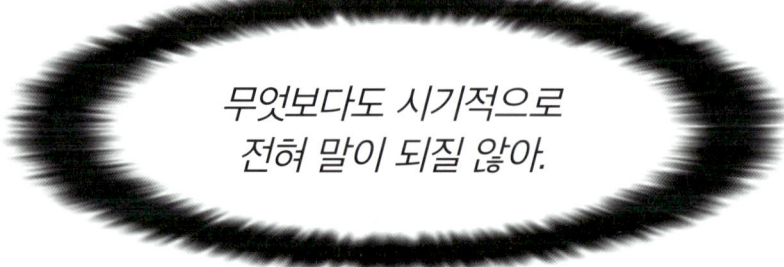

무엇보다도 시기적으로 전혀 말이 되질 않아.

예림이가 카메라를 얻은 시점이
대략 일주일 전쯤이고,

동수 형 이삿짐
나르는 걸 도와준 게
그다음 날이었어.

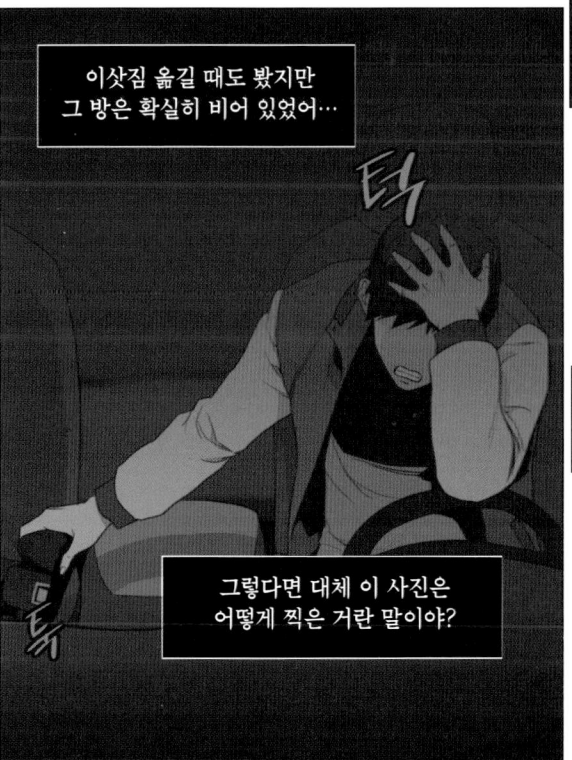

이삿짐 옮길 때도 봤지만
그 방은 확실히 비어 있었어…

턱

턱

그렇다면 대체 이 사진은
어떻게 찍은 거란 말이야?

그런데 마지막 통화 때,
형이 뭔가 알고 있는
눈치긴 했어…

생각해보니
이 사진은 동수 형 도움 없인
찍을 수 없는 사진이기도 하고.

그럴 리 없겠지만, 만약…
만약… 동수 형이…

부르르르

이 사진을 찍는 데 직간접적으로
도움을 준 거라면…!

동수 형이 …

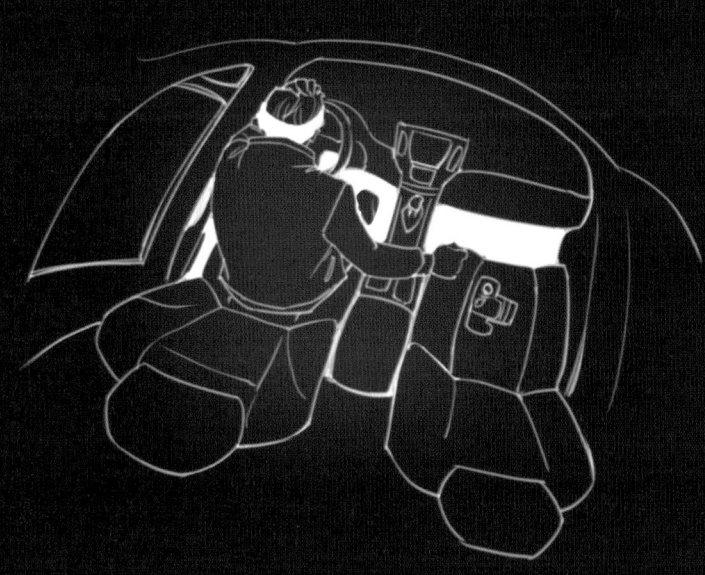

예림이 집에
찾아간 사람일 수도
있단 말이 되잖아.

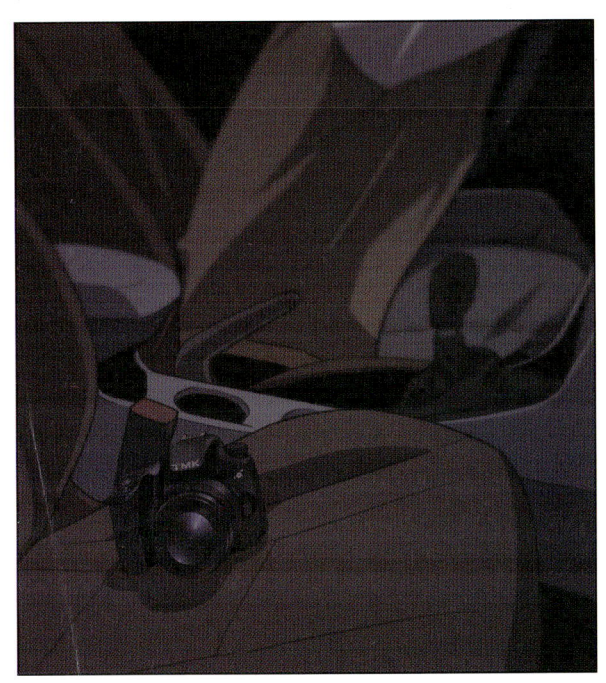

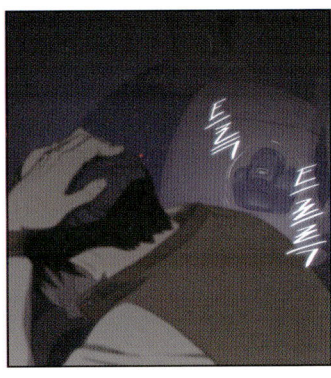

??

뭐야,
갑자기 이건 또
왜 이러는…

…!!

뭐… 뭐야,

이 사진은…?

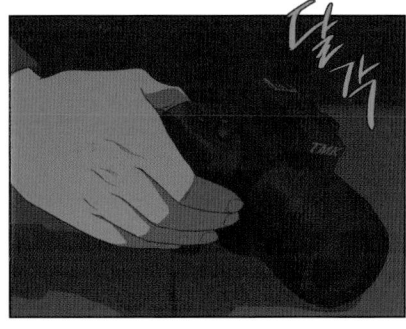

분명히 카메라에 찍혀 있던 건
전부 확인했었는데…

어째서 이 사진만
못 봤던 거지?

아니, 그것보다
대체 이 사람은 누구고…

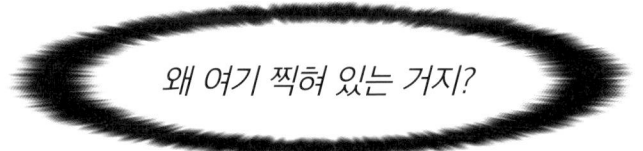

왜 여기 찍혀 있는 거지?

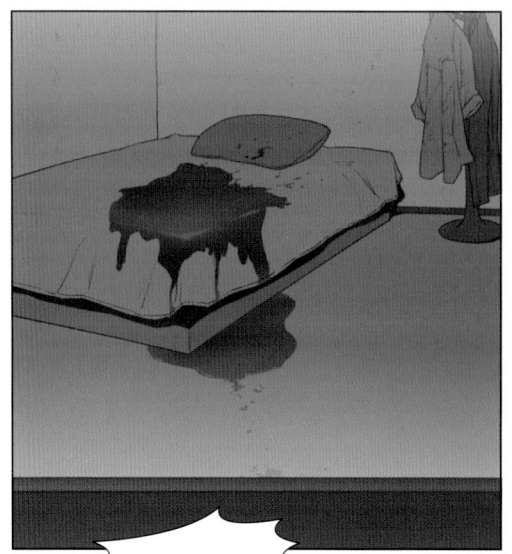

팀장님!

방금 전에 국과수에서 연락 왔습다!

뻘럭

혈액 분석 결과는 모레 오전 중으로 보내주겠답니다.

뭐어? 모레 아침?

씨!

지금 졸라 급한데 무슨 이틀이나 걸려?!

내일 밤까지 해달라고 다시 좀 해봐!

야, 그거 급해애~!

나만 급하고, 넌 안 급해?!

그게… 저도 말해봤는데 말임다…

당연히 저도 급하… 지만…

그럼, 마! 어떻게 해야겠어?

앙?!

팀장님! 목격자 찾았습니다!

많이 밀려 있어서 더 빨리는 안 된다고…

뭐?!

어딘데?!

같은 층에 사는 입주민입니다!

8시 넘어 집에 들어가려는데 어떤 남자가 차 형사 집 벨을 누르는 걸 봤다고 합니다.

오케이! 최대한 빨리 인상착의 확보해서 수배하고,

나 지금 바로 갈 테니까, 목격자 보내지 말고 데리고 있으라 해.

예, 알겠습니다!!

아! 팀장님!

사삭

성민이?

혹시 성민 선배
못 보셨슴까?

회의실

옛슴다.

확인할 게 좀 있는데
연락도 안 되고, 다른 사람들도
전부 몰라서 말임다.

걔 휴가 끝나고
합류하기로 했어.

아무래도
집에 큰일이 나서
안 되겠다 싶어서.

네에에?

스슥

어쩔 수 없잖아?

진술 내용 녹음 떠놓은 거 있으니까 웬만함 다음 주까진 그걸로 하고 있어.

뚜벅

하지만 그…

성민 선배가 처음 현장을 발견했다고 들었는데… 말임다?

어어?!

뚜벅

아… 저… 저기! 제 생각엔…

아무래도 성민 선배 다시 불러서 좀 더 확인해야 될 것 같은데… 말임다.

왜 또 뭘 확인해? 그럴 게 있어?

끄덕 끄덕

있슴다! 있고말고요!!

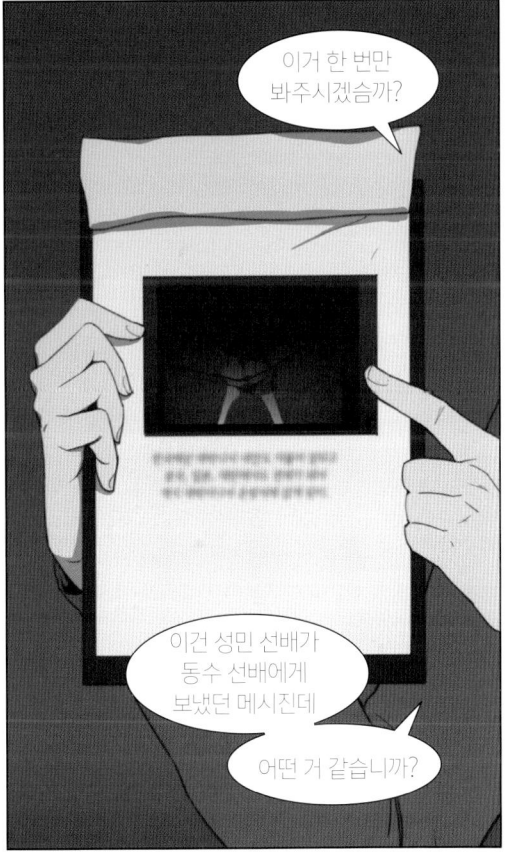

이거 한 번만 봐주시겠슴까?

이건 성민 선배가 동수 선배에게 보냈던 메시진데

어떤 거 같습니까?

뭐야 이거…

사건 현장
사진이잖아…?

이걸 성민이가
동수한테 보냈다고?

그렇습다!

솔직히 이 사진을
보낸 이유 같은 건
다 제쳐놓더라도

한 가지 너무나
이상한 점이 있는데요.

이 사진을 보낸 시간이
사건 발생 하루 전이란 겁다.

뭐…??

야!! 다시 줘봐봐!!
잘못된 거 아냐?!

탁

어떻게 오늘 일어난 사건 사진을
어제 보낼 수가 있어?!

메시지를 보낸 시간은
서버측 시간을 기준으로 해서

서버를 해킹하지 않는 한
조작은 어렵습니다.

게다가 메시지를 보낸 직후
둘이 긴 통화를 나눈 걸 보면
보낸 시간 자체는 맞는 걸로 보임다.

그럼 뭐야…!
이게 어떻게 된 건데?!

195

그게 딱!

제가 성민 선배한테 물어보고픈 말이지 말임다.

야…

지금 당장 성민이 찾아와.

텅

띵동~

댕차

띵동~

거긴 저희 집인데…

무슨 일이시죠…?

아…!

텅
텅
텅
텅

안녕하세요, 어머님.

이렇게
늦은 시간에 찾아와서
정말 죄송합니다.

기억하실지
모르겠는데

저는 이전에 따님 민성경 씨
식물인간 사건 맡았던
광의서 서성민 형삽니다.

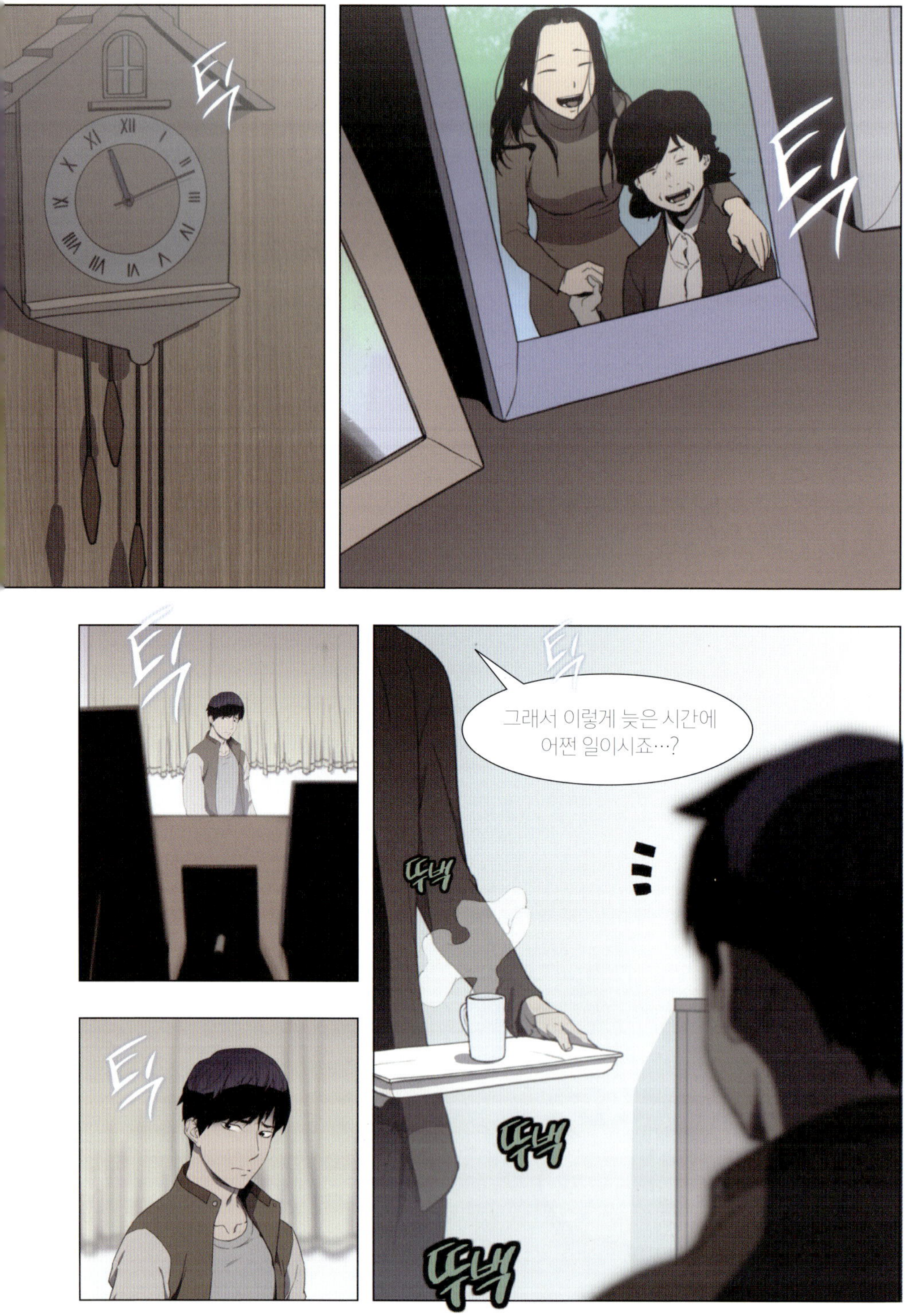
틱
틱
틱
틱
틱
그래서 이렇게 늦은 시간에 어쩐 일이시죠…?
뚜벅
뚜벅
뚜벅

하… 하지만 그러시더라도,
한 번만 확인 부탁드리겠습니다.

그때 보셨던 범인이
맞는지만…

솔직하게
말씀드릴게요…

제가 범인을 봤다고 한 건
거짓말이었어요.

…네?

저도 거짓말까지
할 생각은 없었어요…

그런데 형사님들이 증거가 없다고
사건을 끝내려고만 하니…

저로선 뭐라도 붙잡고 싶은
심정뿐이었던지라…

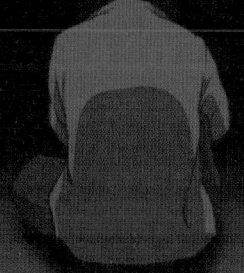

자…
잠깐만요…!

그럼 단지 그런 이유 때문에
범인을 봤다고 증언했다는
말씀이신가요?!

…

꼭 그런 것만은
아니에요…

그날 집 앞 골목길에
들어설 때까지만 해도

집에서 불빛이
흘리나오고 있었거든요.

그런데 집에 들어갔을 땐
불이 다 꺼져 있었고,

어두컴컴한 거실 바닥에
딸이 쓰러져 있는 모습을 보고
그런 생각을 했던 거예요.

어떤 나쁜놈이 딸을
이렇게 만든 거다.

형사님들 말대로
문도 잘 잠겨 있었고,

아무도 없었지만 말이죠…

하아…

…늦은 시간에
실례 많았습니다.

저는 이만
가보겠습니다.

성경이는 그때까지도
괜찮았던 걸까요?

제가 골목길에 들어설…
흐흐흑…

그때까지만… 해도…

그 예쁜 미소로
저를 반겨주려고
했었던 걸까요?

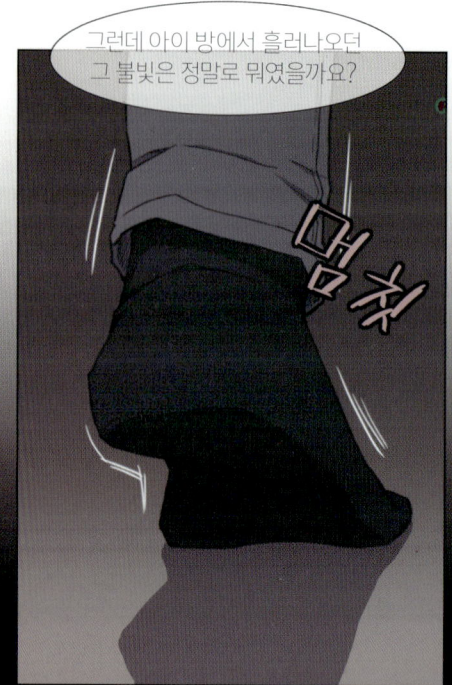

성경이 방에 쳐진
커튼 사이로 흘러나오던
불빛은…

여기서 봤어요.

잠깐 일이 생겨서
나가는 참이었는데…

아마 시간은 대략…
8시 20분쯤?

그쯤 나갔던 걸로
기억해요.

집에서 나왔을 때 그 사람이
막 이쪽을 지나가고 있더라고요.

그때야 별로 신경 안 쓰고 가서
얼굴은 제대로 못 봤는데요.

덩치가 커서
저는 그냥 거기 사는
아저씬 줄 알았어요.

음…

계단 중간쯤 내려갔을 때
문 두들기는 소리를
들었던 것 같네요.

그러면 직접 보진 못한 거네요?

뭐… 그렇죠?

오싹

그냥 옆집은 지나쳐 갔으니 끝에 있는 그 아저씨 집으로 갔다 싶은 거죠.

어쨌든 이상했으니까요.

초인종도 있는데 굳이 집 문을 두드린 것도 그렇고…

툭

툭

예예, 잘 들었습니다.

협조해주셔서 감사합니다.

툭

타박

타박

213

그 쌔끼 맞네.

타박

타박

직접 본 게 아니더라도,
성민이가 받은 메시지로 봤을 때
동수가 나가는 시간이랑 겹쳐.

타박

타박

어차피 나가는 길이어서
무심코 문을 열어줬는데
기습적으로 공격당한 거야.

인상착의 들어보니까
등치도 크고 힘도
센 놈인 것 같은데

어디 조직
똘마니 아닐까요?

충분히 그럴 수 있지.

타박

타박

단숨에 치명상 꽂고
한 시간도 안 되는 시간 동안
뒤처리까지 제대로 한 거 보면…

혹시 모르니까
황태 니가 이번에 털었던
상만이한테 쫌 갔다 와봐라.

가서 그 쌔끼들 맞는지
함 살짝살짝 뜨봐.

예!
알겠습니다!

앙?

차각

차각

뭐야
이건 또…

하여튼,
씨…

어떤 새끼진 몰라도
잡히기만 해봐.

차각

차각

아주 그냥…

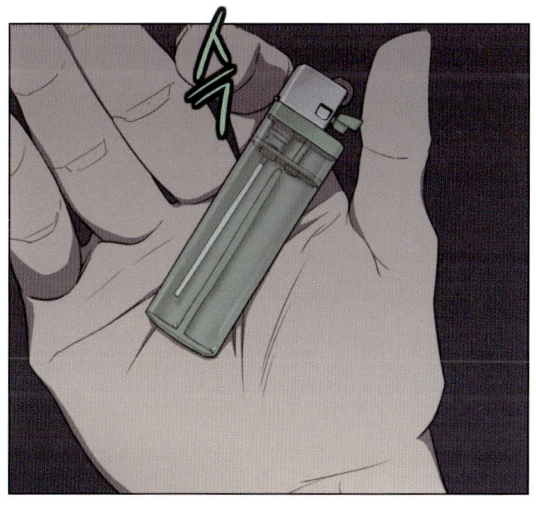

…

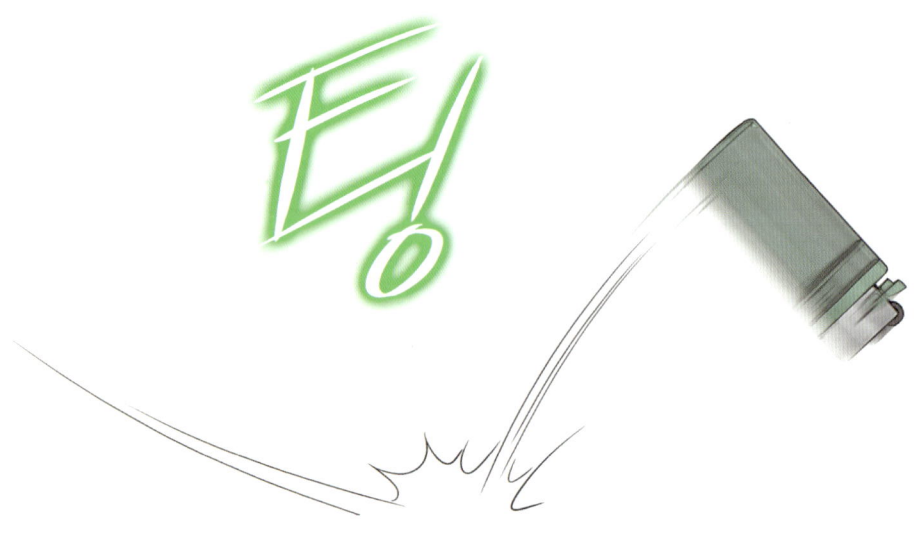

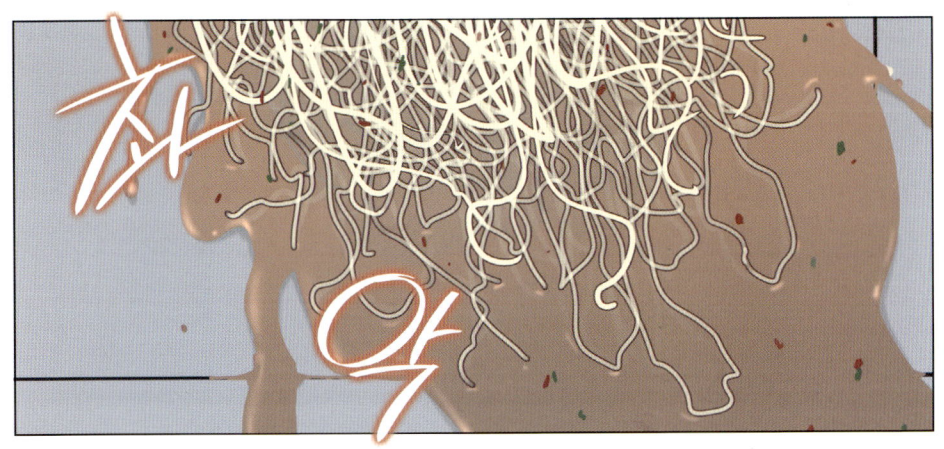

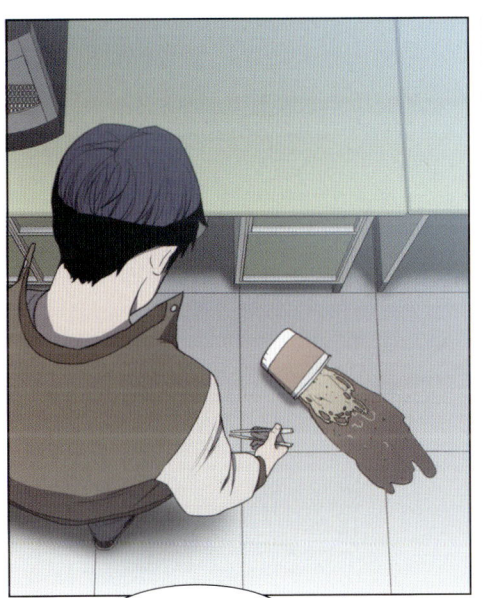

아…

으…!

죄… 죄송합니다.
제가…

괜찮습니다,
제가 치울 테니까
조금만 옆으로…

아!
…네.

…

당연히 증거 같은 건 없어요.

잘못 봤을 수도 있지만
어쨌든… 본 건 본 거니까요.

그날따라 그쪽에 불이 다 꺼져 있어 스산했었는데,

그 빛은 금방 꺼졌지만

성경이 방에서만 미약한 빛이 흘러나왔거든요.

그 젖혀진 커튼 틈새로 흘러나오는 빛을 봤던 것 같아요.

그, 파란색 빛을요.

도깨비불을
봤어요.

어찌 됐든 밤에
어른거리던 도깨비불이

물론 이 늙은이 말이…

말도 안 되는 미신이라
생각하실 수도 있지만…

어딘가의 집으로 들어간다는 건
굉장히 불길한 징조예요.

도깨비불이 들어간 집에서는
재화가 사라지는 등의
안 좋은 일이 생기고,

심한 경우

집에 사는 사람의
영혼을 파란 불빛으로
홀려내어

다음 날 아침
빈껍데기만 남은 채
발견된다고 해요.

미친!

…

하아…
내가 어쩌다 이렇게…

사악

됐어…

이제 혼자서 해결 가능한
범위는 지났어.

내일 아침에 서에 가서
사진들 다 보여주고 다 말하자.

사진 속 남자가
동수 형을 살해한 범인일
가능성이 크니까.

적어도 그 사람은
알고 있을 거야.

동수 형 살해 현장과
똑같은 사진이 어떻게
먼저 찍혀 있었는지 말이야.

최악의 경우, 그 사람이
아무것도 모른다 하더라도

최소한 누가
자신을 찍어줬는지 만큼은
알고 있을 테니까…

그래 그것만
알 수 있어도

그 카메라가 어떻게
예림이에게 들어갔는지를
밝혀낼 수…

잠깐…!!
카메라…!!

어떡하지?

공용 주차장까지
다시 갔다 와야 되나?

아니야, 아니야.
일단 다시 생각해보자.

젠장, 맞다…!

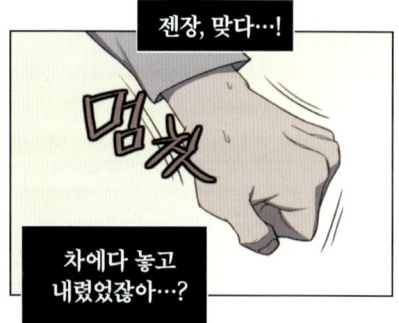

멈첫

차에다 놓고
내렸었잖아…?

틀림없어.

그 남자가 찍힌 사진에서
봤던 배경은 내가 아는 곳이야.

분명 봤던 기억이 있어.

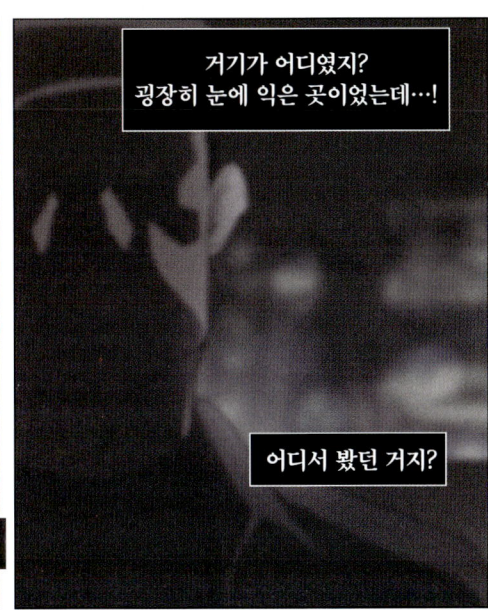

거기가 어디였지?
굉장히 눈에 익은 곳이었는데…!

어디서 봤던 거지?

아!

부들

아아아…!!

이런 멍청이…!

어떻게 그걸 눈치채지
못할 수 있는 거지?

사진 속 배경은

다른 데가 아니라
바로…!!

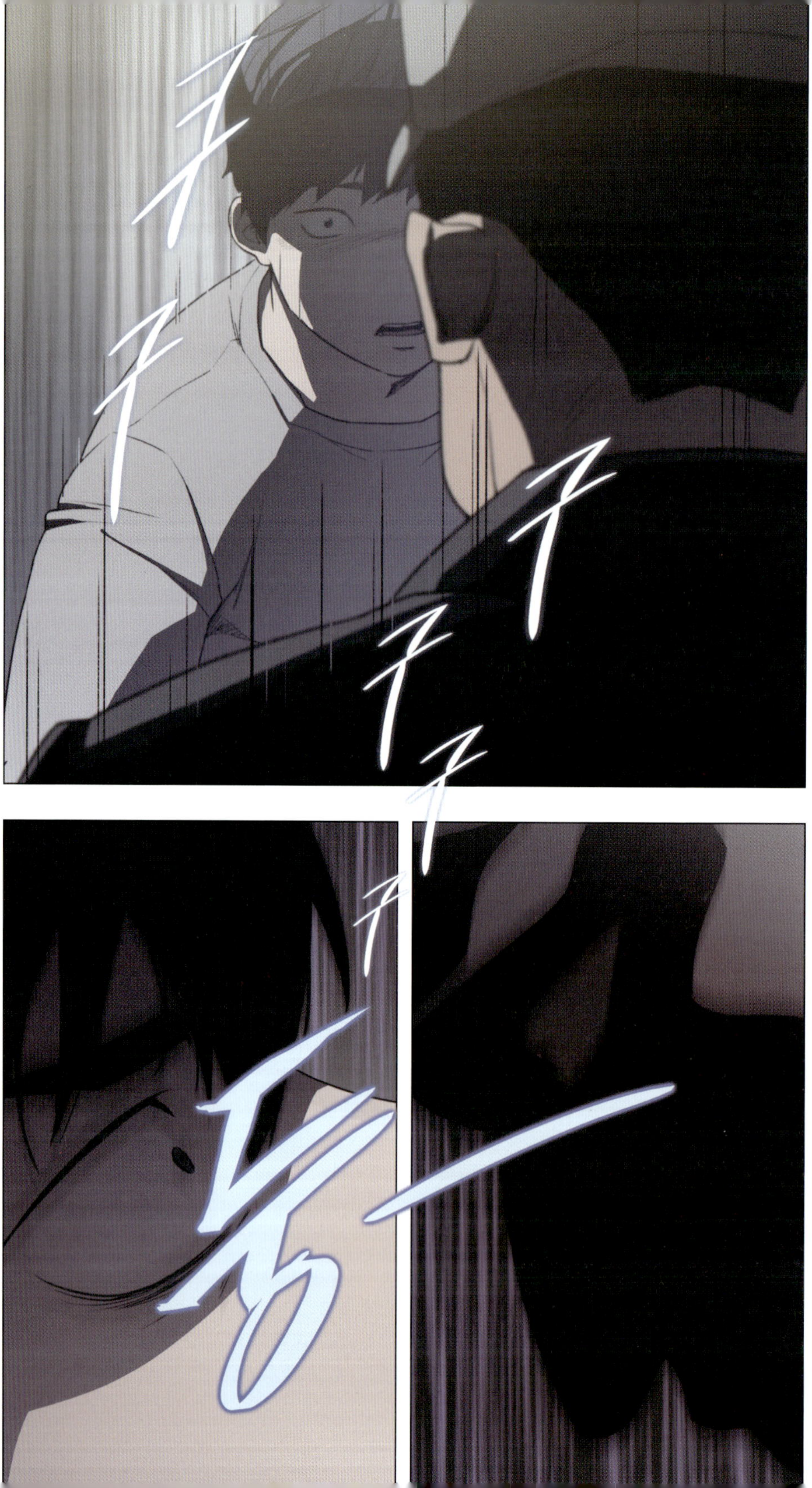
둥

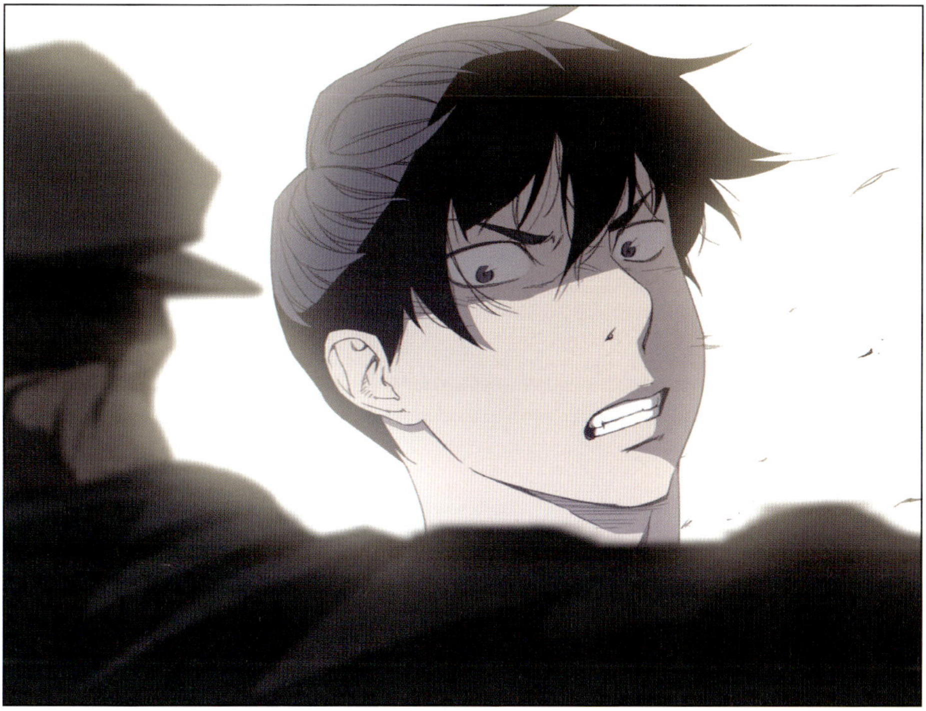

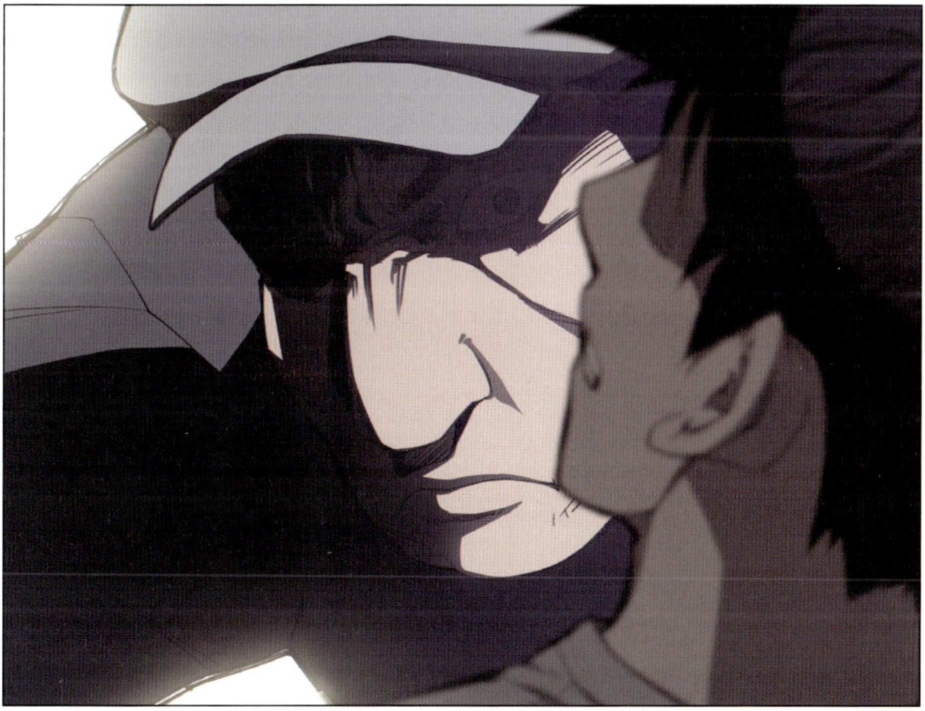

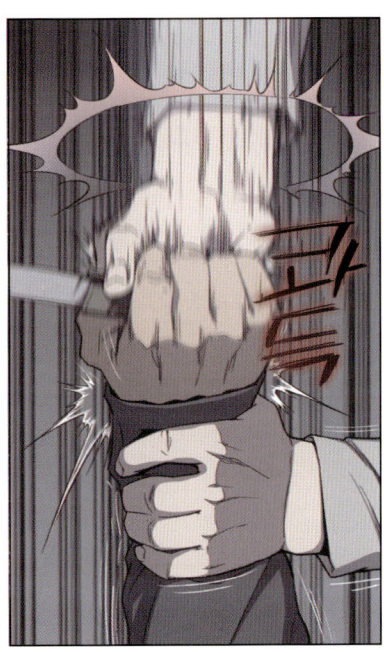

쿵…!

무슨 힘이…!

콰
가
가

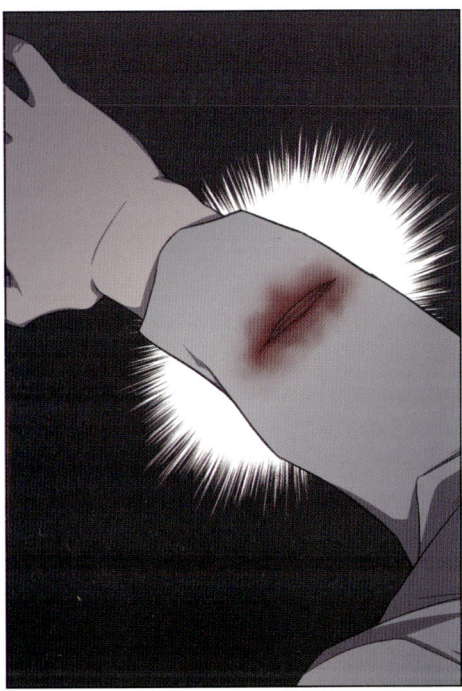

젠장…!

저 녀석…
생각보다 더 위험한데?

길게 끌면
승산이 없겠어.

정면 대결은
피하고…

어떻게 해서든
다음 한 번에 끝내버려야 해.

그렇다면…

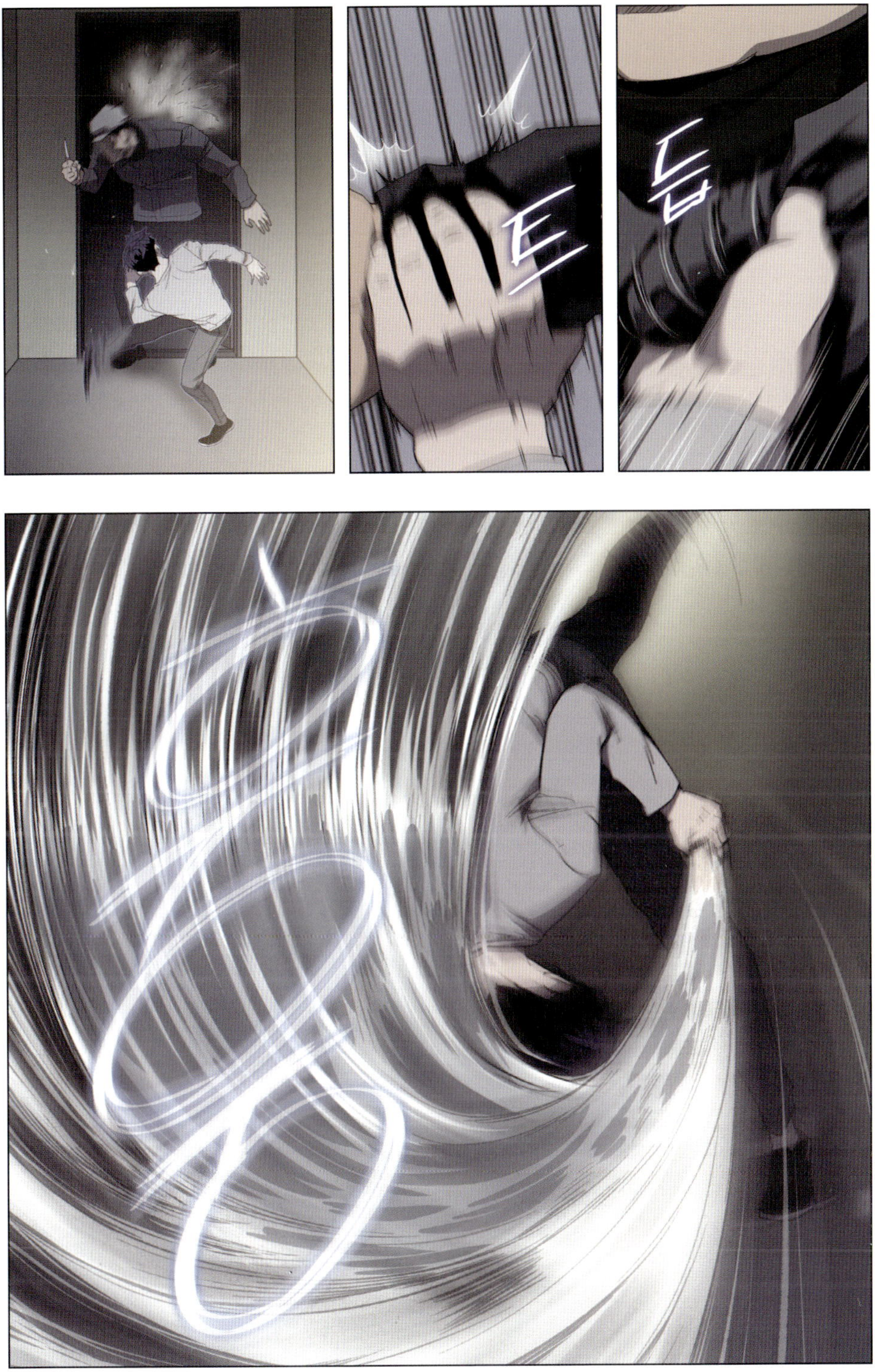

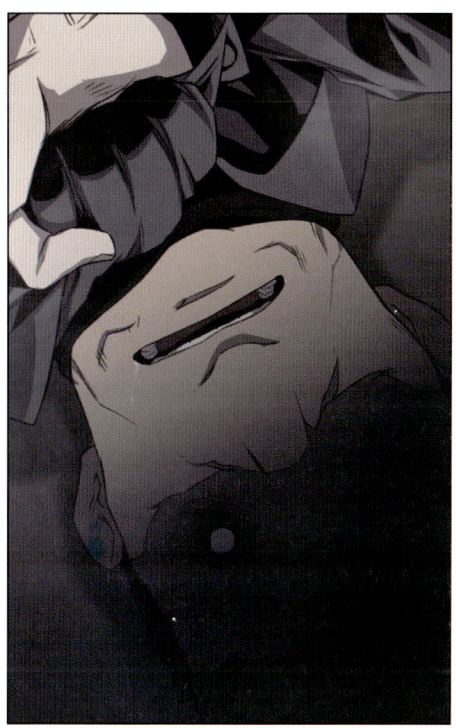

저벅

거칠게
다뤄서
미안해요.

사실 당신이 저한테
한 거에 비하면

굉장히 신사적인
처사지만요…

쿵

저벅

팍

팔은 세게
꺾진 않아서

금방
괜찮아질 거예요.
...아마도요.

툭툭

당신이 또 날뛰면
감당이 안 될 것 같아서 그런 거니
이해 좀 해주세요.

툭툭

원래라면 바로 서로
가는 게 맞긴 한데

그전에 당신이랑
몇 가지만 이야기를
하고 싶어서요.

탁

이름이…

주민등록증
백상우(白霜優)
OOXOOX-OXOXXOO
서울특별시 권의구 서현동 887-7
200X. 1. 28.
서울특별시장

…백…상우…

백상우 씨, 맞나요?

이건…

동수 형 사진하고 내 사진…
그리고 집 주소…

…누가 시킨 거죠?

저랑 차동수 형사를
죽여달라고 한 건가요?

…

차동수 형사는 어떻게 된 거죠?
지금 살아 있는 건가요?

좋아요, 뭐…
어차피 물어볼 게 많으니
그 얘긴 뒤로 미루죠.

그럼 화제를 바꿔서
그 카메라에 대해 한번
얘기해볼까요?

털썩

말 안 해도
무슨 카메란지 아시겠죠?

사진 찍은 게 본인이고,
여기 온 이유 중엔 그걸
되찾는 것도 있을 테니까요.

상우 씨한테
하나 묻고 싶은 게…
그 사진들은 왜 찍은 거죠?

살인 청부를 한 사람에게
소위 말하는 인증 같은 걸
하기 위함이었나요?

본 적도 없는 사진을
내가 찍었다니…
무슨 소릴 하는지 모르겠군.

그럴 리가요.

갸웃

그럼 카메라에
대문짝만 하게 찍힌
당신 사진은 뭐죠?

적어도 당신이
그 카메라를 못 봤을 리는
절대 없을 텐데요?

난 거기에
뭐가 찍혀 있는지
알지도 못하고,

아무런
관심도 없어.

다만, 그 카메라가
내가 찾고 있던 물건이
맞는 것 같군.

지금 당장 나를 풀어주고
그 카메라를 나에게 넘겨.

그럼 나도 그냥
조용히 물러날 거야.

...

하…

참…

뭔가 믿는 구석이라도 있으신가 보죠?

지금 자신이 어떤 상황에 있는지 전혀 모르시는 게 아닐 텐데

무슨 자신감으로 하는 발언인지 모르겠네요.

어차피 지금 카메라도 저한테 있고, 게다가 당신은 체포된 상태예요.

제가 그런 말도 안 되는 협박을 들어줄 이유가

전혀 없을 텐데요?

덜

컥

당신 여자친구, 식물인간이 됐지?

서성민 형사, 그녀에게 남은 시간이 그리 많진 않을 거야.

더 늦기 전에 그녀를 되돌리고 싶다면…

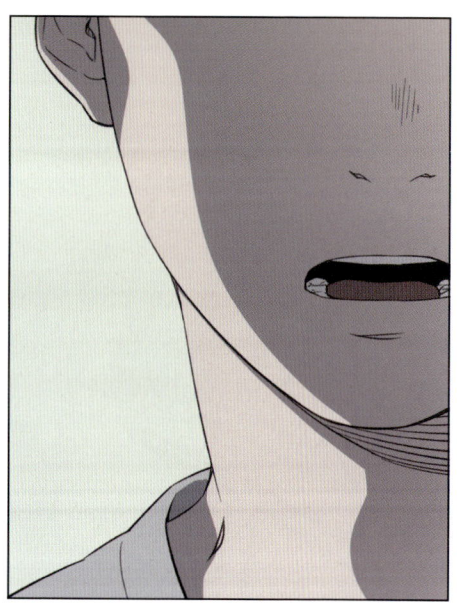

시간이…

얼마 안 남았다…는 게…
무슨 뜻이죠?

씨발 새끼야…

말.하.라.고.

그날!!

무슨 일이 있었는지
말하라고!!!!

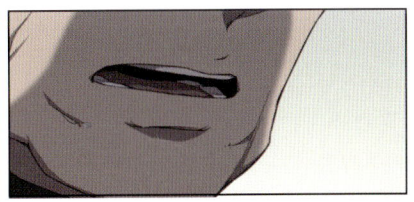

큭.

흥, 여자친구는
어떻게 돼도 상관
없다는 건가?

까지 마,

그딴 성의 없는 얘기만 듣고
말도 안 되는 요구 조건을
들어줄 만큼 난
멍청이가 아니야.

네 말을 듣고 움직이려면
적어도 요구 조건을 들어줬을 때
얻게 될 게 명확해야 하는데…

스륵

지금으로썬 그런 게
전혀 없잖아?

그렇게
비협조적으로 나온다면
나로선 널 그냥 경찰서로
데려갈 수밖에…

부스럭

끄으읏…!

씨발…!

진짜…!!

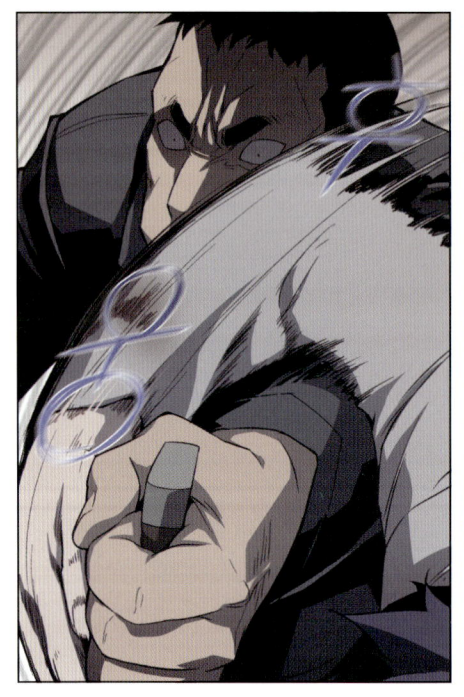

크으으윽…!

수갑을…
어떻게 풀었는지
모르겠지만…!

그 팔로 얼마나
버틸 수 있을 것 같아…?

…좋은 말로 할 때
이거 치워…!

난…!!

꼭 해야 할
일이 있어…!!

그냥 보내준다고
약속해…!!

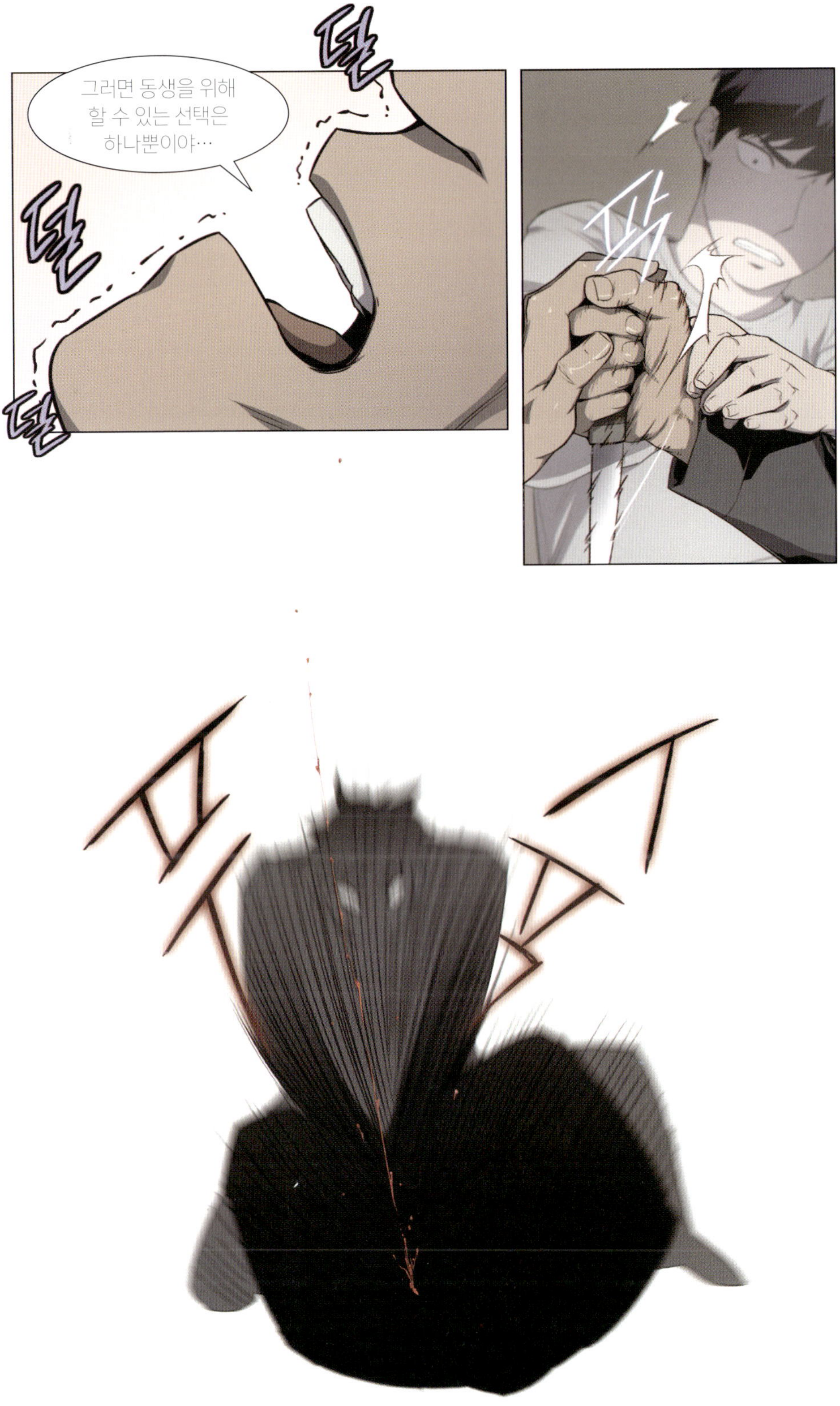

그러면 동생을 위해
할 수 있는 선택은
하나뿐이야…

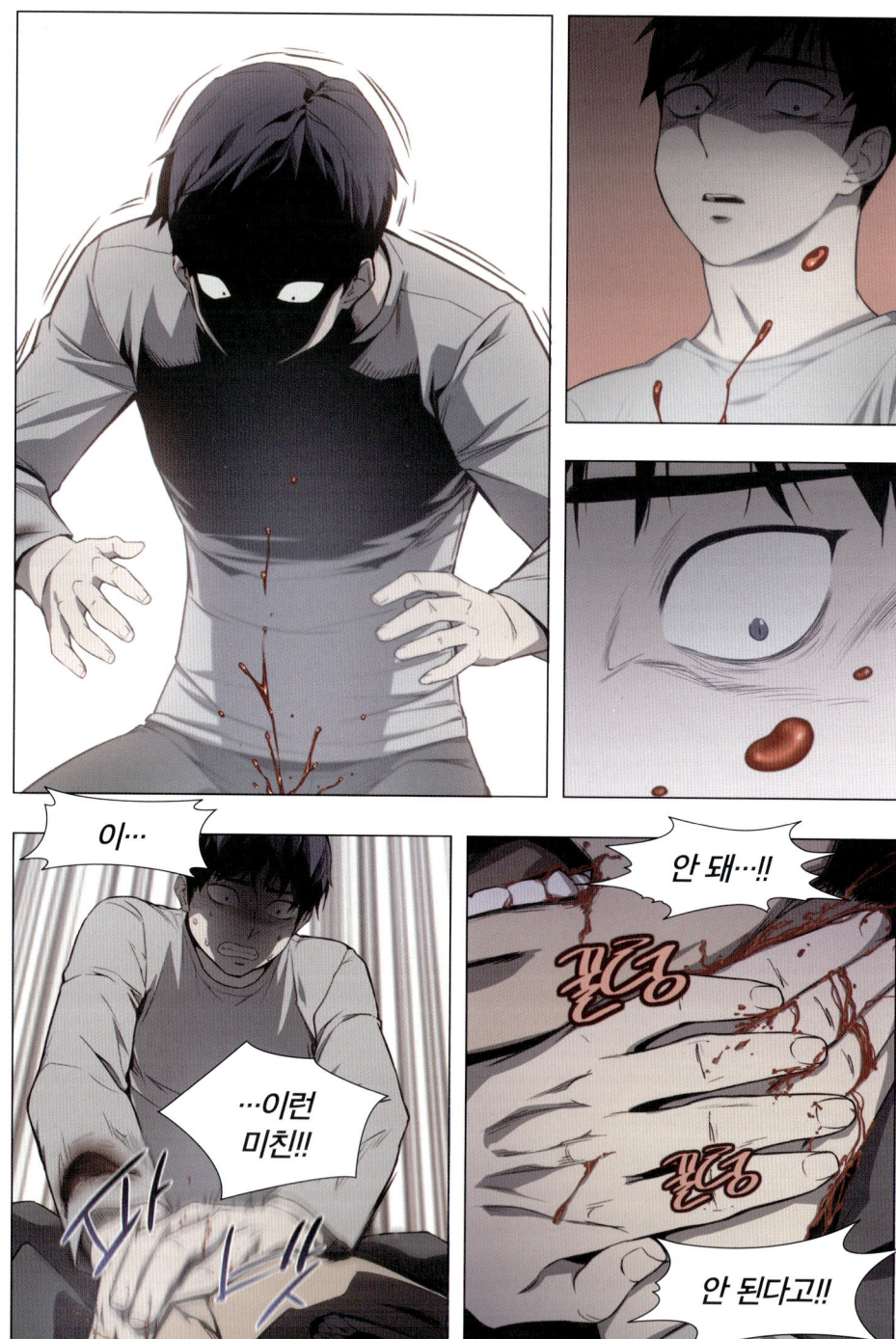

난 아직 당신한테
물어볼 게 많단 말이야!!

제발!!

제발!!

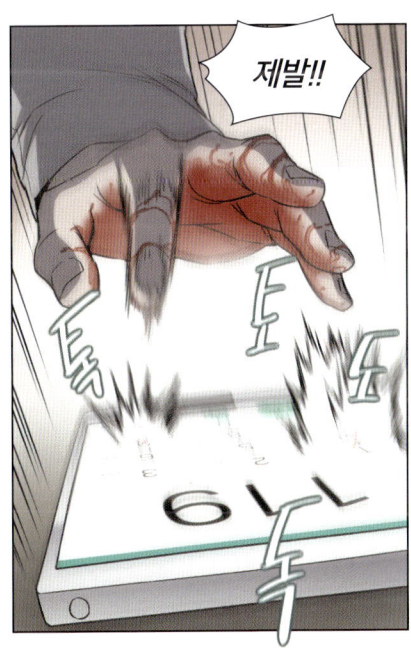

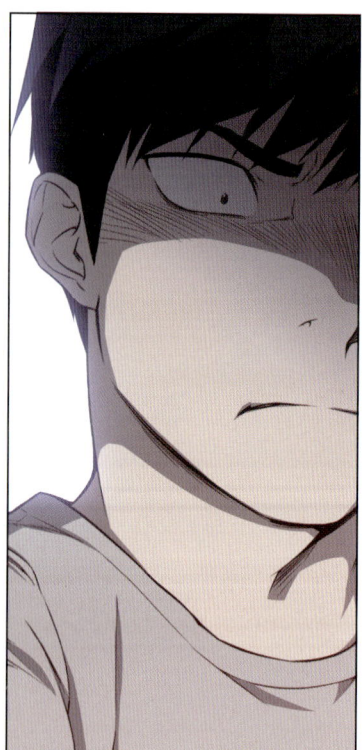

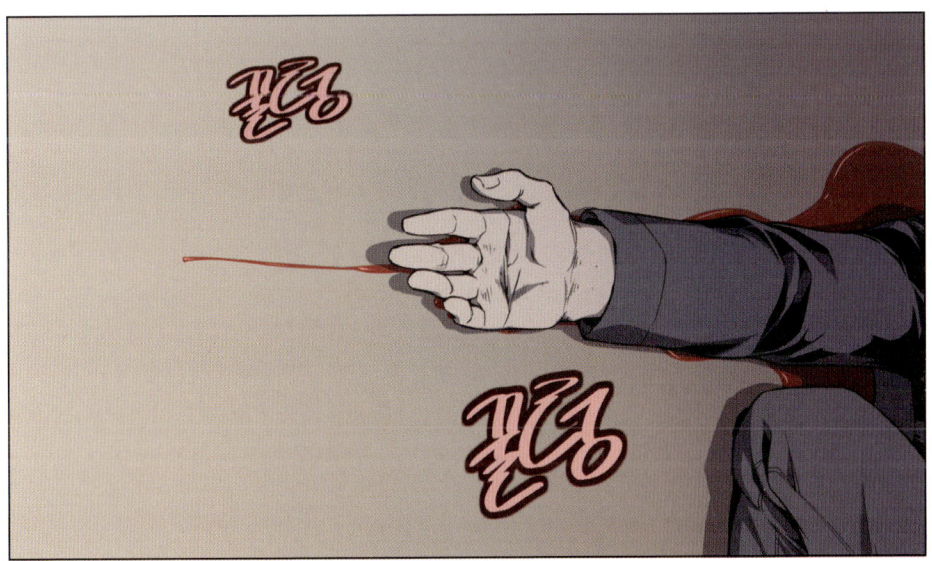

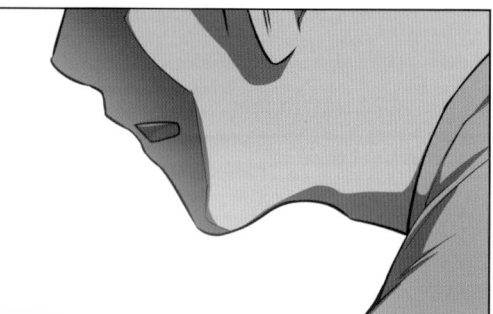

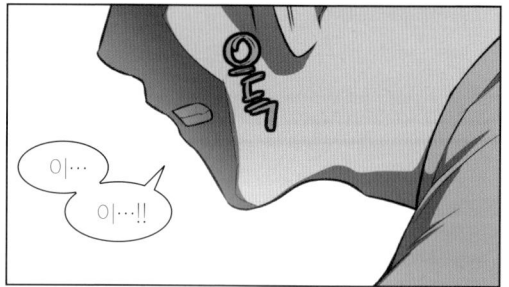

이…
이…!!

이런 씨발!!

????

이…

이건 또
뭐야…?!

분명 아무것도 없었는데
이게 갑자기 어디서 튀어나온…

멈칫

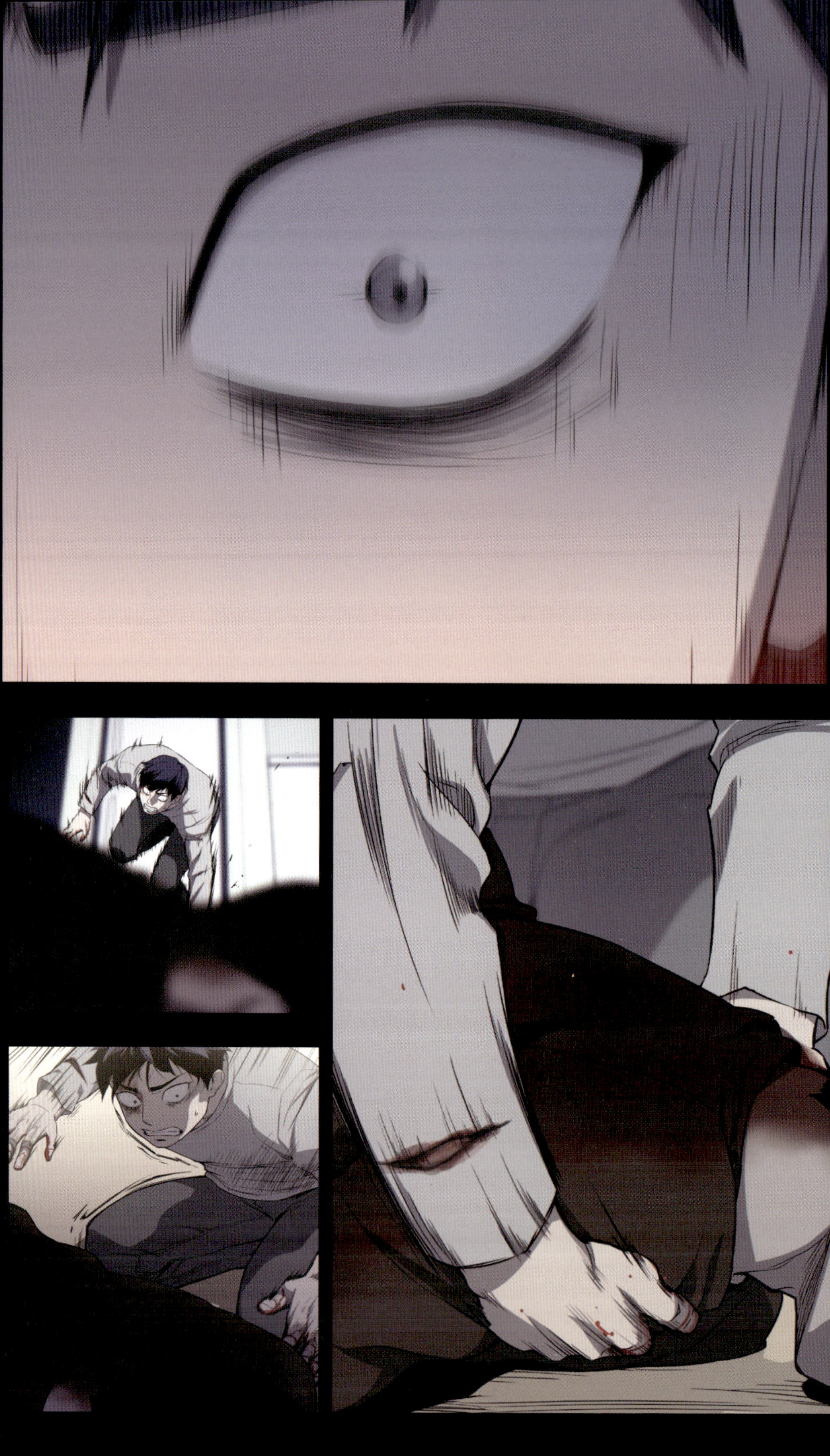

...성민 선배?

선배…?

2권에서 계속

아이템 1

초판 1쇄 인쇄 2019년 1월 28일
초판 1쇄 발행 2019년 2월 11일

지은이 민형 김준석	**펴낸곳** (주)해피북스투유
펴낸이 김문식 최민석	**출판등록** 2016년 12월 12일 제2016-000343호
편집 이수민 김현진	**주소** 서울시 마포구 독막로 178-1, 5층 (구수동)
디자인 손현주	**전화** 02)336-1203
편집디자인 김대환	**팩스** 02)336-1209

© 민형·김준석, 2019

ISBN 979-11-88200-51-1 (04810)
　　　 979-11-88200-50-4 (세트)